マドンナメイト文庫

【連鎖相姦】義母＋姉 淫欲のハーレム

綾野 馨

目次

contents

【連鎖相姦】義母＋姉　淫欲のハーレム

第一章　義母の下着の芳醇な匂い

1

「うふっ、まあ、今日は仕方ないわね」

六月に入ったばかりのある日、掃除機を手に階段をあがり、高校二年生になった息子の部屋のドアを開けた島崎裕美子《しまざきゆみこ》は、カーテンも閉まったままの部屋の状況に小さく微笑んだ。

裕美子は四十二歳の専業主婦で、十年前に会社経営者である夫の後妻として島崎家に入っていた。夫には死別した前妻との間に当時十五歳、中学三年生であった娘の真帆《まほ》と、小学校に入ったばかりの息子、修也《しゅうや》という二人の子供がいた。裕美子は三十二歳にして、いきなり中学生と小学生の母親になったのだ。

あれから十年、娘は大学卒業と同時に家を出て一人暮らしをはじめていたため、いまは夫と息子、三人での生活となっている。

(何度起こしても起きてこなかったし、昨夜は遅くまで起きていたのかしら。ちゃんと睡眠を取ってほしいから、あまり夜更かしはしてほしくないんだけど……)

掃除機を床に置き、まずはカーテンと窓を開け部屋の換気をしていく。

息子の修也はこの日、裕美子が起こしても「うん」と返事をしてまた眠ってしまう状態で、具合でも悪いのかと思ったほどだ。しかし、単なる朝寝坊であり、朝食も摂らずに慌てて学校へと向かっていた。そのため、いつもはきちんと整えられているベッドは掛け布団が乱れたままで、脱いだパジャマも床に落ちている状態であった。

「まずはこっちからね」

床に落ちていたパジャマを拾いあげ綺麗にたたんでやると、次いでベッドメイクに取りかかった。慌てて飛び起きたまま乱雑状態の掛け布団を持ちあげる。すると、小さな布切れが床に落ちたのを目の端が捉えた。

「んっ?　なにが落ちたのかしら?」

布団を持ちあげた状態で視線を床に落とす。その瞬間、裕美子の両目が大きく見開かれ、しばしの間、呆然と床に落ちている物体を見つめることとなった。

「なっ、なに……どういう、こと、なの……」

喉に異物が絡んだようなかすれた声が自然と口をつく。

裕美子は手にしていた掛け布団をベッドの上に投げ出すと、床にしゃがみこみ、おそるおそるといった様子で、落下した布切れを右手で摘まみあげた。

「なぜ、修ちゃんがこんなものを……」

右手で摘まみあげたもの、それは女性用下着であった。それも裕美子のものではない見たことのない薄布だ。男子高校生の持ち物としてはこの上なく不自然である。

(修ちゃんに彼女が？　いえ、それにしてはこの下着、大人っぽすぎるわ)

目の前に掲げたパンティはなめらかな生地のライトグリーンであり、さりげなくレースが使われているあたり、息子と同年代が身に着けている下着だとは思えない。

(じゃあ、誰の？　ハッ！　まさか、どこかのお宅から……)

脳裏に恐ろしい考えが浮かぶ。現在、家にいる女性は裕美子のみ。その裕美子の下着ではなく、なおかつ女子高生のパンティとしては大人びているとなると、導き出される結論は、友だちの家に遊びに行った際その母親や姉の下着を盗ってきたか、見ず知らずの人の家に干されていた洗濯物から拝借したかであろう。

(いえ、そうとは言いきれないわね。もしかしたら、自分で買ったのかも)

可能性は極端に低そうだが、考えられなくもない。どこかから泥棒するよりよほど救いがある。しかし、息子が女性下着を購入する姿はどうしても想像できなかった。

(私のものであれば見なかったことにしてあげられるけど、さすがにこれは無理ね)

血の繋がりがないとはいえ、十年もいっしょに暮らしてきた母親の下着を持ち出すことは決して褒められたことではない。だが、よそから盗まれるよりはマシである。

気は重いが、修也が学校から戻ったらこの件の話はちゃんとしなければと考え、小さく息をついた直後、熟女の鼻腔が栗の花に似た独特の匂いを嗅ぎ取った。それまでは見覚えのない女性下着発見の驚きが、すべての五感を凌駕していたのだが、ひとつ息をついたことで嗅覚が本来の役割を取り戻したようだ。

「えっ！　この匂いって……」

裕美子は再び驚きの表情を浮かべ、摘まみあげたライトグリーンの薄布を見つめた。

鼻腔を刺激する香りは、間違いなくいま手にしている下着から発せられている。

「まさか、修ちゃん、この下着に……」

コクッと唾を飲み、裕美子はこわごわとパンティを裏返していった。

拭《ぬぐ》った痕はあるものの、微妙に皺の刻まれたクロッチにははっきりと射精の痕跡が見て取れた。よく見ると、一部に拭い残しと思われる白いゲル状の粘液が残されているのがわかる。

「あぁ、修ちゃん……」

裕美子の腰がぶるっと震え、同時に下腹部には鈍痛が襲った。

(えっ⁉ まさか、私、修ちゃんの、息子のエッチな匂いに興奮してるの?)

十年前に結婚したとき、夫はすでに四十代の半ばであり、当初から夜の生活は少なかった。しかし、ここ数年はまったくそれも途絶えてしまっている。そのため、女盛りを迎えている裕美子の肉体が、若い牡の性臭に敏感な反応を示してしまったのだ。

部屋着のワンピースの内側に隠された熟れた肢体。たわわに実ったGカップの双乳には張りを覚え、ブラジャーの中で窮屈そうに身じろぎをしている。また、子宮には鈍痛が走り、空閨《くうけい》を託《かこ》つ肉洞が妖しい蠕動《ぜんどう》を起こすとともに、卑猥な蜜液がパンティクロッチにシミを作ってしまった。

「あんッ、ダメよ、いまはそんな気分になっている場合ではないわ。修ちゃんがこの下着をどこで手に入れたのかが問題なのよ」

昂《たかぶ》りはじめた肉体を律するように、裕美子は戒《いまし》めの言葉を口にした。

薄布のクロッチに刻まれた皺からも明らかなように、修也が隠し持っていたパンティは、誰かが身に着けていたものだ。それも洗濯前のものであった可能性が高い。これで息子が自分で買ったという選択肢と、干されていた下着を盗んだというチョイスが消え、どこかの家から洗濯前のものを失敬してきたという結論に達してしまいそうだ。

（でも、修ちゃんが泥棒を働くなんて信じられないわ。もしかしたら、どこかの悪い女に捕まって、たぶらかされているんじゃ……）

「親バカ」と言われようが、息子の無実を信じたい気持ちは強い。そうなると、どこかのタチの悪い女に引っかかり、誘惑されたのではないかという考えは、すんなりと受け入れられる。

（じゃあ、いったいどこの誰が、私の修ちゃんを……）

経済的に恵まれた環境で生まれ育ったからか、修也は穏やかで人を信じやすい性格をしていた。すでに家を出た真帆にもその傾向は見られるものの、実母を亡くし、裕美子が後妻として島崎家に入るまでの数年、家事をこなし、弟の面倒を見ていたことで、修也に比べれば非常にしっかりとした大人に成長したように思える。

（私も真帆さんも修ちゃんには甘すぎるところがあるし、だからこそ心配なのよね）

人を信じることは決して悪いことではない。しかし、その脇の甘さを性悪女につけこまれたのではないかと心配になる。

（とにかく、この件は修ちゃんが帰ってきたらしっかり話し合わなきゃダメよね）

指先に摘まんだ薄布をいったん枕の脇に置くと、裕美子は極力その存在を意識から排除するよう努めつつ、部屋の掃除に専念するのであった。

2

「ただいま」

そう言ってリビングに足を踏み入れた修也は、ダイニングテーブルに置かれた物体を目にした瞬間、金縛りに遭《あ》ったかのように動けなくなってしまった。

（あれは昨夜使った……。寝坊したせいで完璧に忘れてた……）

昨夜、寝る前に自慰をした際、お世話になったパンティ。いつもは朝、ベッドを直すときに片付けていたのだが、今朝は慌てていたためすっかり失念していた。いまこの場にあるということは、義母が部屋の掃除をしたときに見つけたに違いない。

「お帰りなさい、修ちゃん。お義母《かあ》さんがなにを言いたいか、わかるわよね」

ライトグリーンの薄布を見つめ固まっていた修也に、キッチンから姿をあらわした裕美子が硬い声音《こわね》で尋ねてきた。

「おっ、おかあ、さん……」

油の切れたロボットのように、ギ、ギ、ギッと音がしそうなぎこちなさで、義母に顔を向ける。するとそこには、愁いを帯びたどこか悲しげな裕美子の顔があった。とたんに、胸がギュッと締めつけられるような罪悪感に襲われた。

「いまお茶の用意をするから、とにかく椅子に座って、話を聞かせてちょうだい」

いったんキッチンへと姿を消す義母を見送ると、修也はおぼつかない足取りでダイニングのいつもの席に座った。

意気消沈している修也の前に、ふわっと芳醇な香り漂うティーカップが置かれた。カップに入った赤褐色の液体がその揺れを小さくしていく。それにつられて、修也の心も徐々に平静を取り戻していった。

「いただきます」

いっしょに出されたクッキーを口に運び、紅茶で喉を潤す。すると、さらに落ち着いた気分となった。

「ねえ、修ちゃん。これは、誰のものなの？　お義母さんのものではないけど、興味があって自分で買ったの？　それとも……」

修也同様、紅茶に口をつけた裕美子が、いきなり核心を衝く問いを発してきた。

「そ、それは、お姉ちゃんのし、下着、です」

嘘でも「自分で買った」と言えばよかったのかもしれない。しかし、一時の動揺は治まっていたとはいえ、そこまで気を回す余裕はなかったのだ。

「真帆さんの？　ハッ！　まっ、まさか修ちゃん、真帆さん、お姉ちゃんと変な関係にはなってないわよね」

姉の名前を出したとたんに裕美子の顔色が明らかに変わった。

「ない！　お義母さんがなにを想像したかはわからないけど、お姉ちゃんと変な関係になんて、なるわけないよ。だって、お姉ちゃんは僕の気持ち、知らないし……」

否定の言葉といっしょに、姉に対する気持ちまで吐露してしまっていた。

（そうだよ。お姉ちゃんは僕のこと、ただの弟としか思ってないんだよな）

自分で口にしておきながら、非常に寂しい気持ちにさせられる。八歳年上の姉はきっと、修也が特別な感情を持って接してきているとは考えておらず、いまでも昔同様に仲のいい姉弟という認識だろう。

三歳のときに実母が亡くなっていたこともあり、裕美子が義母となるまでの間、修也は生活のほぼすべてを姉に依存していたと言っても過言ではない。きっと迷惑に感じたときもあっただろうが、真帆はいっさいそんな態度を見せず、常に優しい微笑みと愛情を与えつづけてくれたのだ。そんな経験もあって、昔から姉が大好きであった。

年頃となり性に目覚めてからもその傾向は変わらず、友人たちが水着グラビアなどで卑猥な妄想を膨らませるなか、修也はスタイル抜群の美女に成長した真帆をその対象としていた。

もちろん、許されることではない、という意識はあった。だが、美しく優しい姉を間近に感じれば感じるほど、背徳の想いは募っていったのだ。しかし、それらはすべて真帆の与《あずか》り知らぬ修也の気持ちでしかない。

「じゃあ、この下着は真帆さんのところから、黙って持ってきたってことね？」

「うん」

大学卒業と同時に家を出て一人暮らしをはじめた真帆。それを聞かされたとき、これからも姉といっしょに生活できると考えていた修也は、平静を装いながらも内心は激しい動揺に見舞われたのだ。

「いつでも遊びにいらっしゃい」

そう言ってくれた姉の言葉に甘えるように、ほとんど隔週で週末に真帆の住むマンションを訪れていた。本音を言えば毎週、可能であるなら毎日でも姉に会いたかったが、さすがに行きすぎた行為だと思えるだけに、隔週で我慢していたのである。

そして数カ月前、部屋の模様替えを手伝ったときのこと。大汗をかいた修也に真帆が「シャワーを浴びておいで」と言ってくれたのだ。タオルを借り、素直に汗を流したのだが、使ったタオルを洗濯機に入れようとしたとき、中に入れられていた複数枚のカラフルな下着に目を奪われてしまった。一人暮らしのため洗濯はまとめてすることにしていたらしい。

大好きな姉が身に着けていたパンティが何枚も目の前にある状況。一枚くらいなら盗ってもバレないのではないかと、衝動的に持ち出してしまったのがはじまりだった。その後は遊びに行くたびに前回持ち出した下着を戻し、新しいものを拝借することが常態化していた。裕美子に見つかったライトグリーンの薄布は最新の一点だ。

「わかったわ。でも、もうこんなこと二度としちゃダメよ。もし修ちゃんがこんなことをしていると真帆さんが知ったら、とっても悲しむと思うわ。修ちゃんだって、こんなことでお姉ちゃんに嫌われたくはないでしょう」

「うん、それは、もちろん」

姉に嫌われる。大好きな姉から冷たくあしらわれることを考えると、それだけでショックでどうにかなってしまいそうだ。だが一方、なめらかな女性下着を使っての自慰の味を覚えてしまったいま、ただの手淫で満足できるのかどうか心配は大きい。

「どうしたの？　真帆さんに嫌われる可能性を考えても、まだやめられない？」

その不安が顔に出てしまったのだろう。ティーカップを再び口元に運び間を取った裕美子が、愁いを含んだ表情で問いかけてきた。

「いけないことだってわかってるんだ。お姉ちゃんを裏切る行為だって。でも……」

「でも、なあに？」

「あ、あの、その……。使うと、気持ちよくて、だから、その……」

修也も紅茶で喉を潤してから、消え入りそうな声で返していく。

質問の答えになってはいないと思いつつも、現物を見つかってなお、義母に下着を使った自慰を告白する羞恥は想像以上であった。

「はぁ、そうか……。ねえ、修ちゃん。もし、どうしても女性の下着に悪戯《いたずら》したいのなら、お義母さんのを使いなさい」

中途半端にぼかした言葉でも、義母は理解してくれたらしい。重たい溜め息をついた裕美子が、しばし思案の沈黙に耽ると突然、思いがけない申し出をしてきた。

「ちょっ、ちょっとお義母さん、突然なにを……」

想定外の言葉にうつむけていた顔をあげ、まじまじと義母を見つめてしまった。すると恥ずかしそうに頬を染めた裕美子の顔が飛びこんできた。

（お義母さんもすっごく恥ずかしいんだ。だけど、僕のために……）

義母の優しさが痛いほどに突き刺さってくる。

「まあ、お義母さんは四十すぎのオバサンだし、真帆さんみたいに綺麗じゃないから、気持ち悪いだけかもしれないけど」

「そんなことは全然ないよ。お義母さんだって、あの、すっごい美人さんだよ」

自嘲気味な義母に、修也は反論を口にした。事実、裕美子は日本人としては彫りの深い目鼻立ちの整った顔立ちをしており、身体つきも信じられないほどにグラマーであった。そのため、修也にしても義母が美人であるという認識は持っていた。

クラスメイトのなかには、裕美子を性的対象として見ていると公言してきた猛者《もさ》までいるのだ。しかし、小学校にあがった直後から「母親」としてしか接してきていないため、成熟したひとりの女性という意識を持ったことがなかった。

（お義母さんをエッチの対象にするなんて、そんなこと……。お義母さんはお父さんの奥さんなんだし、許されるわけがない。でも、血の繋がったお姉ちゃんをエッチな目でずっと見てきたことのほうが、よほど許されないよな）

実姉と義母では背徳感に雲泥の差がある。実姉に対して性的欲望を募らせる禁忌を繰り返してきた修也にとって、その対象を義母に移すことは一見ハードルが低そうに見えて、なかなかに勇気を要する決断でもあった。なにせ裕美子は父の妻。つまりは父親に対する裏切りでもあるのだ。

「別に無理してお義母さんの下着なんて使う必要はないのよ。そのほうがよほど普通なんだから。でもね、真帆さんのものの代わりによそさまから、なんて考えると」

「ほかの人の下着なんてまったく興味ないよ。僕はお姉ちゃんのだから……。それに、そんなよく知らない人の下着よりお義母さんのほうがよほど魅力的だよ。あっ！ごめん、変なこと言って」

母親としての心配を口にする裕美子に、修也は再び反論していた。そのとき、自分でも思っていなかった言葉がこぼれ落ちたことに、ハッとさせられた。

「ううん、いいのよ。言い出したのはお義母さんのほうなんだし」

少し驚いた顔をしながらも、優しく微笑みかけてくれる裕美子に、修也の胸には温かなものが広がっていった。

（僕にとってはお姉ちゃんが不動のナンバーワンだけど、もしかしたら、心のどこかでお義母さんのことも……）

姉が絶対的すぎてほかに目が向かなかっただけで、真帆を除外して考えると義母の存在が急浮上してくることに、いまさらながら気づいた。少なくとも近所に住んでいる人や友人たちの母親や姉妹、学校の先生といったふだん接する機会のある女性たちより、裕美子のほうがよほど魅力的であった。

「う、うん。ありがとう」

なにかもっとほかに言ったほうがいいとは思うのだが、なにを言えばいいのか見当もつかない。それは裕美子も同様らしく、ティーカップを必要以上にゆっくりと口元に運び、なにやら思案気な表情を浮かべている。

気まずい沈黙がリビングを支配しかけたその瞬間、電話の呼び出し音が響いた。ハッとした様子で椅子から立ちあがり、電話機に向かう義母の後ろ姿を見つめながら、修也はカップに残っていた赤褐色の液体を飲み干したのであった。

3

（こ、これが、お義母さんのパンティ……）

午後十一時すぎ、両親が三階の寝室に引きあげたのを確認してから、二階の自室を出て一階の脱衣所へとやってきた修也は、洗濯機から義母の下着を摘まみ出した。

それは薄紫色をした薄布であった。布地のなめらかさも、そしてふんだんに使われているレースも、姉の下着に比べて高級感がある。

(お義母さんっていつもこんなセクシーな下着、着けてたんだ。でも、きっとすっごく似合うんだろうな)

エキゾチックな顔立ちにグラマラスな肢体をした裕美子が着用すれば、さぞかし似合うだろう。義母が悩ましいランジェリーに身を包む姿を想像すると、背筋がぶるぶるっと震え、ペニスが鎌首をもたげてくる気配がした。

(まさかお義母さんの下着を見て、こんな気持ちになるなんて……)

姉一筋であった修也にとって、自身の肉体変化は驚きであった。だが一方、こんな素敵な下着を使って自慰することを想像すると、待ち遠しい気持ちになってしまう。

(早く部屋に戻って、早速……)

ゴクッと喉を鳴らし修也は脱衣所をあとにし、再び自室へと戻った。

ベッドに腰をおろし、改めて義母の下着を眺める。薄紫色の高級ランジェリー。指に触れる生地のなめらかさは、それだけで背筋がゾクゾクッとしてしまうほどだ。さらに、レースの刺繡《ししゅう》は前面の一部ではなく、全体に施されていることがわかる。それもかなり精緻《せいち》であり、この部分だけ見ても「高そう」と思える。

「あぁ、お義母さん……」

自然とウットリとした呟きが漏れ、修也は手にした薄布を思いきり鼻に押し当てた。少し酸味を帯びた匂いが鼻腔をくすぐった直後、牡の性感をダイレクトに刺激するような淫靡《いんび》で芳醇な香りが鼻腔粘膜を刺激してきた。

姉の下着が発する、どこまでも甘酸っぱい蕩《とろ》けるような香りとは違う、強烈にオンナを主張してくる押しの強さにただただ圧倒されてしまう。その証拠に匂いを嗅いだとたんペニスが完全勃起し、下着の内側で狂おしげに胴震いを繰り返していた。

(お姉ちゃんだけじゃなく、お義母さんにもこんな反応しちゃうなんて……)

自嘲的な思いが脳裏をよぎるなか、修也は義母の薄布をいったんベッドに置くと腰を浮かせ、パジャマズボンとその下のボクサーブリーフをいっぺんにズリさげた。

唸るように飛び出したペニスは天を衝き、パンパンに張りつめた亀頭先端からは早くも先走りが滲み出し、ツンッと鼻の奥を衝く性臭を撒き散らしている。

苦笑しつつ、もう一度腰を落ち着ける。すぐに左手で薄紫の薄布を摘まみあげ鼻に押しつけた。目を閉じ、大きく息を吸いこんでいく。鼻腔を通った香しい牝臭に快楽中枢が揺さぶられていく。

「お義母さんの匂い、とってもエッチだよ」

小さく囁き、修也は右手でペニスを握った。

(お姉ちゃんのパンツを悪戯するときと、まったく同じくらい硬くなってる)

鋼《はがね》のような硬さを誇る肉竿は、これ以上は無理というほどに血液が充塡《じゅうてん》され、血潮の熱さをありありと伝えてきている。

「あぁ、お義母さん……」

もう一度囁き、肉竿を上下にしごきはじめた。ビクビクッと腰が震え、張りつめた亀頭先端からはさらなる先走りが滲み出す。亀頭裏を伝って垂れ落ちた先走りが肉竿をこする指に絡まり、クチュッ、クチュッと粘ついた音を立てはじめた。

「くっ、はぁ、お義母さん、気持ちいいよ」

左手のパンティをさらに強く鼻に押し当て、大きく息を吸いこんだ。熟れたオンナの香りで肺腑《はいふ》が満たされ、さらなる恍惚感が全身を包む。肉竿をしごく右手の動きをさらに速めようとした矢先、部屋のドアが控えめにノックされた。

「は、はい」

肩をビクッと跳ねあげた修也は、反射的に上ずった声で返答してしまった。

「お義母さんだけど、ちょっと失礼するわね」

返事を聞いた裕美子が、なんの疑いもなくドアを開けてくる。

「えっ！　あ、あの、ちょっ、ちょっと待って」

慌てて制止の言葉を口にしたが一歩及ばず、左手に義母の下着を持ち、いきり立つペニスを丸出しにしている姿をまともに見られてしまった。

「キャッ！　ご、ごめんなさい」

部屋に足を踏み入れ息子の状況を一瞥した瞬間、義母の両目が大きく見開かれた。直後、慌てて視線をそらすと、そのまま後ずさりするように部屋を出て扉を閉めた。

「ごめんなさいね、修ちゃん。お義母さん、まさかいま……」

「ううん、いいんだ。僕こそ、その、ごめん。そ、それで、あの、どうしたの？」

自慰を見られたことはもちろん恥ずかしかったが、それ以上に義母の薄布を持ち出したことを知られたことに羞恥を覚える。下着とパジャマズボンを穿き、一気にしぼんでしまったペニスをしまいながら、たどたどしく問いかけていった。

「あっ、うん、少し、お話がしたかったんだけど、明日にするわ」

「いいよ、大丈夫だから、どうぞ。その、ちゃんとズボン穿いたから」

このままの気まずい感じでは寝付きも悪そうに思えた修也は、恥ずかしさを覚えながら部屋のドアを開けた。

「しゅ、修ちゃん……。本当にごめんなさい。お義母さん、とんだ邪魔を……」

「お義母さんは別に悪くないよ。ノックされて、普通に返事しちゃったの、僕だし。だから、気にしないで、どうぞ」

ぎこちない表情で言葉を交わしつつ、修也は裕美子を部屋に招き入れた。

申し訳なさそうな顔で部屋に入ってきた義母が、ベッドの上に置かれた薄紫の薄布に視線を向けたのがわかる。その瞬間、修也の頬がカッと熱を帯びた。

「あっ、こ、これは、ごめんなさい」

慌ててベッドに駆け寄り、パンティを掴み取る。だが、手にしたなめらかなランジェリーをどうすればいいのか、義母の視線から隠すべきか、それとも持ち主に素直に差し出すべきか、とっさには判断できなかった。

「ううん、いいのよ。だってお義母さんが『使いなさい』って言ったんだから」

おたおたしてしまった修也に小さく微笑むと、裕美子がベッドに腰をおろした。そのまま右隣をポンポンッと叩き、座るように促してくる。右手にパンティを持ったまま、修也は義母の隣に腰をおろした。

「そ、それで、お義母さん、話ってなに？」

右手に持っていた薄布を自身の右脇に置くことで、裕美子から隠す形を取った修也は、小さく息をつき、改めて問いかけた。

「真帆さんのことよ。正確には真帆さんの下着のこと。いったいいつから、お姉ちゃんの下着でそういうことを……。もしかしていっしょに住んでいたときから？」

母親としてはやはり気になるのか、控えめな口調ながらはっきりと聞いてきた。

「いや、けっこう最近。お姉ちゃんの部屋の模様替えを手伝ったときに、シャワーで汗を流しなさいって言われて、そのとき……」

「洗濯機の中に見つけちゃったってこと？」

「うん、何枚も入ってたから、一枚くらいならいいかなって……。もしかしたら気づいてたかもしれないけど、僕、お姉ちゃんのことが昔から大好きだったから」

姉の下着の実物も発見され、さらには義母の下着を使って自慰をしている現場を見られていることもあり、修也は素直に告白していた。

「修ちゃんと真帆さんがすごく仲のいい姉弟だっていうのは、十年前にこの家に来てすぐにわかったわ。でもまさか、修ちゃんが真帆さんをそんなふうに見ていたというのはさすがに……」

「だよね。姉に対して持っていい感情じゃないっていうのはわかってるんだけど、やっぱり僕にとってはお姉ちゃんが一番で」

（でも、改めて口にすると、ほんと「なにやってるんだ！」って感じだよな）

自身の行為の不誠実さを自分自身に突きつけている現状に、口元には皮肉めいた笑みが浮かんでしまう。

「お姉ちゃんが好きなことは、全然問題ないのよ。真帆さんもきっと修ちゃんのことは大好きだと思うし。姉弟仲がいいというのは、素敵なことなんだから」

「でも、お姉ちゃんの『好き』と僕の『好き』じゃ、意味合いが全然違ってるし」

姉に好かれている、可愛がられている、という感覚は昔から変わらず持っていた。

だがその「好き」は肉親に対する情であり、ひとりの男に対してではないとわかるだけに、自身の気持ちとのギャップの大きさがどうしようもなく悔しかった。

「そうね、確かに修ちゃんと真帆さんでは、お互いに対する気持ちに決定的な違いがあるのかもしれないけど、姉弟の仲がいいっていうのはやはり素敵なことなのよ。だからこそ、お姉ちゃんをそういう対象として見るのは卒業しないと。もし、このことを真帆さんが知って、姉弟仲が悪くなってしまったら、お義母さん、悲しいわ」

「うん、そう、だね」

裕美子の言うことが正論であるとわかるだけに、修也としても頷くしかなかった。

（でも、僕にとってお姉ちゃんは本当に特別なんだ。「卒業」なんて簡単に言われても、すぐにどうこうなるものじゃないのに……）

姉からの卒業を意識すればするほど、より強烈に真帆への想いが募ってくる。なぜそこまで姉に執着するのか、論理的に説明できるようなものはなにもない。実母を亡くして以降の「依存」の延長なのか、それとも近親に肉欲を募らせてしまう「質《たち》」であるのか、修也にもよくわかってはいなかった。ただ、真帆という存在が修也にとっては代替不可能な存在であるということを、本能で感じ取っていた。

「お義母さんの下着でよければ、これからも好きにしてくれていいから、だからもうお姉ちゃんのことは……」

「うん、それはありがたいんだけど……」

義母の下着でも姉に対するのと同じような興奮を覚えたのは確かに収穫であった。しかし、真帆の下着のような満足感がこれから先も持続するのか、という点に関しては心許《もと》なさも覚える。

「お義母さんの下着でも、その、興奮、してくれたんでしょう？」

さすがに恥ずかしいのだろう。裕美子の頬に赤みが差している。ふだんの義母とは違う恥じらいの表情に、修也の背筋にさざ波が駆けあがった。

「それは、もちろん。こんな言い方、失礼かもしれないけど、お義母さんの下着であんなにエッチな気持ちになるなんて思わなかったくらい、興奮した。でも、それでお姉ちゃんを卒業できる自信、ないんだ。それこそ、お義母さんが僕のを触ってくれたりすれば別かもしれないけど」

「えっ!?」

思わず口をついて出た言葉に、裕美子が驚愕の表情を浮かべた。両目を見開いて、まじまじと修也の顔を見つめてくる。

「えっ？　あっ！　い、いまのはなし。あの、ごめんなさい、忘れてください」

義母の驚き顔で、修也は自身がとんでもない言葉を口走ったことを思い知り、慌てて発言の撤回を行った。

（なにを考えてるんだ、僕は。今日の今日まで、お義母さんのことをまったく意識していなかったのに、あんなことを言っちゃうなんて……）

「ねえ、修ちゃん。もし、お義母さんがその、お手伝いしてあげれば、お姉ちゃんのこと、卒業できるようになる？」

「いや、だから、ほんとに忘れて。本当、馬鹿なこと言ったって自覚してるから」

つっこまれればつっこまれるほど、発言のおかしさが身に染みてくる。裕美子の下着を使った自慰を義母本人に見られた直後なだけに、文字どおりの意味で「穴があったら入りたい」の心境だ。

「正直に答えて。お義母さんがお手伝いをしてあげれば、お姉ちゃんを卒業するきっかけになると思う？」

「えっ、あの、おかあ、さん？」

恥ずかしそうな顔をしながらも真剣な目をした裕美子に、戸惑いを覚える。

（まさかお義母さん本気で僕のを……）

そう考えた瞬間、腰が震え縮こまっていたペニスがその体積を増していく。

「どうなの、修ちゃん」

「明言はできないけど、きっかけには……。でも、お義母さんにそんなこと」

「いいのよ。真帆さんと姉弟で変なことになってほしくないから、そのためなら」

「おっ、お義母さん……」

母親にペニスを握ってもらうことがすでに「変な」ことではあったが、それでも実の姉弟でおかしな関係になるよりは、という裕美子の思いが胸に迫る。同時に、血の繫がらない子供のことでそこまでしてくれる義母の愛情を、はっきりと感じられた。

「一度、試してみましょうか。さっき、途中だったんでしょう」

「う、うん。でも、あの、本当にいいの？　それにお父さんは……」

「お父さんはぐっすり眠っているから、安心なさい。さあ、お義母さんに修ちゃんのを見せて」

優しく囁かれると、それだけで不思議な安心感に包まれる。

小さく頷き返し、修也はいったんベッドから腰をあげると、パジャマズボンとボクサーブリーフを再び足首までズリさげていった。

「あんッ、修ちゃんったら、もうそんなに大きくしていたなんて。もしかして、ずっとそのままだったの？」

修也の股間でそそり立つ強張《こわば》りを目にした瞬間、裕美子の子宮には鈍痛が襲いかかってきた。ハプニングで見てしまったときは一瞬であったが、いまはまじまじとその姿を確認することができる。天を衝く屹立《きつりつ》。汚れをしらないピンク色の亀頭はパンパンに張りつめ、その先端からは先走りが滲み、うっすらと光沢を放っている。さらに血液漲《みなぎ》る肉竿の部分には太い血管が浮きあがり、逞しさを見せつけられる思いだ。

「いや、あの、お義母さんに触られることを想像したら自然と……。ごめんなさい」

「謝ることじゃないわ。では、あの、さ、触る、わよ」

羞恥に頬を染める息子に微笑みかけ、修也の正面に膝立ちとなる。すると、牡の性臭がツンッと鼻の奥を刺激し、熟女の腰が妖しくくねってしまった。

（ヤダわ、私ったら、また修ちゃんの匂いで……）

午前中、掃除をしてやるために入った部屋で見つけてしまったライトグリーンの薄布。そこから発せられた息子の牡臭《おすしゅう》に肉体を昂らせてしまった裕美子は、直接、鼻腔粘膜をくすぐる生の香りに反応してしまう身体に戸惑いを覚えた。

それでも右手を息子のペニスへとのばし、いきり立つ強張りの中央付近をやんわりと握りこんだ。驚くほどの硬さと熱さが、絡めた指先から伝わってくる。

「くはッ、あぅっ、あっ、あぁぁ……お、おかあ、さン……」

上ずったうめきをあげる修也の腰が大きく跳ねあがり、硬直にさらなる血液が送りこまれた。

（あぁん、ほんとにすごい。さらに大きくなるなんて……）

この数年まったく満たされることがなかった熟女の性感が、若い牡の漲りに煽られていく。使われることなく眠りについていた肉洞が蠢動《しゅんどう》し、淫蜜をパンティクロッチに滴らせてしまう。

「あぁんッ、修ちゃんのとっても硬くて立派よ。さあ、お義母さんがしてあげるから、もっと気持ちよくなってちょうだい」

裕美子は肉体の疼《うず》きにほんのり頬を上気させながら、右手に握る強張りを上下にこすりあげた。チュッ、クチュッ、溢れかえり肉竿に垂れ落ちていた先走りが指先に絡み、卑猥な摩擦音を奏であげる。

「くっ、はぁ、お義母さん……」

切なそうに腰を左右に揺り動かす息子が上半身を少し倒すようにすると、右手を裕美子の左乳房にのばしてきた。逆手の状態で、パジャマ越しにノーブラの膨らみがやんわりと揉みあげられていく。

「あんッ、しゅっ、修ちゃん」

いきなり乳房に刺激を受けビクッと身体を震わせた裕美子が、驚きの声を放った。衝撃のあまり、右手に握るペニスから手を離してしまったほどだ。

「あっ、ご、ごめん、お義母さん。僕、つい……お義母さんの胸が揺れてるのを見て、それで僕、お、思わず……本当にごめんなさい」

ハッとした様子で修也が膨らみから手を離した。失態を恥じるように心許ない表情で頭をさげてくる。その頼りない態度に、熟女の母性が妖しくくすぐられていく。

(意識してなかったけど、確かにノーブラの状態で手を動かせば揺れちゃうわよね。年頃の男の子にはこんなオバサンの、母親の胸でも刺激になっちゃうんだわ)

夫との性交渉がなくなってからはや数年。修也の突然の行動に、まだ自身の身体には女としての魅力が残っていることを再認識させられた気がした。

（これをうまく利用できれば、修ちゃんが真帆さんを卒業する手助けに……。いえ、でも、そんなこと……。いくら息子が相手だからといって、高校生の男の子に胸を触らせるのは……。ううん、迷っている場合じゃないわね。それに、もう硬くしたオチ×チン、触ってあげちゃってるわけだし、胸くらいならまだ……）

脳裏をよぎった考えの恐ろしさを感じたのも一瞬、いまはなにより息子に真帆以外の女性への興味を抱かせ、姉を性的対象とする禁忌から卒業させることが最優先だ。

「うふっ、いいのよ。お義母さんのオッパイに甘えてみたくなっちゃったのよね」

「本当に、ごめん。お義母さんに硬くしたのを触ってもらうこと自体、いけないことなのに、さらに変なことを……」

「謝る必要なんてないわ。お義母さんの胸でよければ好きなだけ甘えてちょうだい」

裕美子は息子の前から立ちあがると、腕をクロスさせるようにしてパジャマの上衣の裾を摘まみ、そのまま一気に脱ぎ捨てた。たわわな膨らみがタプタプと盛大に揺れながら、その姿をあらわしていく。

「す、すごい！　お義母さんのオッパイ、そんなに大きかったんだ」

「少し垂れてきちゃってるし、綺麗な形はしてないでしょう」

修也が陶然《とうぜん》とした表情で裕美子の双乳を見つめてきた。砲弾状の膨らみは九十センチを優に越えたGカップであったが、加齢の影響だろう、若い頃に比べて重力に少し引かれはじめていた。

「そんなことないよ。と、とっても綺麗で素敵だよ。あぁ、ほんとにすっごい……」

「うふっ、ありがとう。修ちゃんにそう言ってもらえると、お義母さんも自信になるわ。さあ、いいのよ、触って。お義母さんのオッパイに甘えてちょうだい」

息子のウットリとした眼差しにくすぐったさを覚えながら、裕美子は修也の右手を掴むと、そのまま左乳房へと導いてやった。熟した膨らみに男子高校生の手がムニュッと被せられる。

「あっ！　や、柔らかい……。ゴクッ、こんなに大きくって、柔らかいオッパイに触れるなんて……」

「あんッ、いいのよ、揉んで。母親の胸に甘えるのは子供の特権なんだから。好きなように、ウンッ、していいのよ。ほら、左手もこっちのオッパイに……」

修也が手のひらをいっぱいに広げても、とうてい全体をカバーできないほど豊かな肉房。左乳房を恍惚顔で揉みこんでくる息子の左手を、右乳房へといざなってやる。

「あぁ、お義母さん……」

さらに蕩けた顔となった修也が、円を描くように双乳を捏ねまわしてくる。

「はンッ、修ちゃん、いいわ。修ちゃんにオッパイ触られると、お義母さんも気持ちいい……はぁン、こっちもちゃんと、してあげますからね」

久しぶりに揉まれた乳房から伝わる快楽に顔を悩ましく歪めながら、裕美子は右手を再び修也のペニスへとのばした。さらに一段、大きくなった肉棒に驚きを覚えつつ、逞しい肉竿に指を絡めてやる。

「ンはッ！　あぁ、お、お義母さん……くぅぅ、き、気持ちよすぎて僕、もう……」

「いいのよ、出しなさい。お義母さんが最後までシコシコしてあげるから、修ちゃんは気持ちよくなることだけを、考えればいいのよ」

修也のペニスが小刻みに跳ねあがり、先走りの粘度が増しているのを右手から直に感じ取りながら、裕美子は手淫の速度をあげていった。指と強張りがこすれ合う摩擦音が大きくなっていく。

(あぁん、修ちゃんのエッチな匂いで私までますます変な気分に……)

鼻腔をくすぐる牡臭も濃くなっており、熟女の腰が悩ましく身もだえてしまう。子宮に感じる疼きが増し、膣襞の蠢《うごめ》きによって押し出された淫蜜が股布をさらに濡らしていくのを感じながら、裕美子は左手を張りつめた亀頭に這わせ、指の腹で優しく撫でまわしてやった。

「くはッ！　あぁ、お、お義母さん、ダメ、それ、つ、強すぎる……」

愉悦に顔を歪める息子の腰が左右に大きく揺れ、両方の乳房がギュッと鷲摑みにされてしまった。熟乳が握り潰され、裕美子の眉間に皺が寄る。

「あんッ、修ちゃん、痛いわ。オッパイはもっと優しく触ってくれないと」

「あっ、ご、ごめん、お義母さん。でも、僕ももう限界で、ぐっ、ねえ、お願いがあるんだけど、いいかな」

義母の言葉にハッとしたように双乳から手を離した息子が、切なそうな瞳で裕美子を見つめてきた。その眼差しの頼りなさに、またしても母性本能が震えてしまった。

「なぁに？　お義母さんにできることなら、いいわよ」

「僕、お義母さんのオッパイを吸いながら、くっ、出したいんだけど、ダメかな」

「あぁん、そんなこと。もちろん、いいわよ。いくらでも吸ってちょうだい」

（こんな深みに嵌《は》まりそうなこと、許しちゃいけないのに、でも……）

修也の眼差しと高まる性感が、裕美子を禁忌の沼に誘いこんでくる。

「じゃあ、あの、ベッドに横になってでも、いい？」

「そうか、いまの体勢だと、吸いづらいわね」

上気した顔で提案してくる修也に頷き返し、裕美子もいったんペニスから手を離した。すると、息子の顔にどこかホッとした様子が浮かぶ。

（修ちゃん、本当に我慢の限界にきていたのね。でも、胸を吸いながら出したいから必死にこらえていたんだわ）

修也の様子をそう理解した裕美子は、自然と頬が緩むのを感じながら息子のベッドに深めに腰をおろした。ムッチリと脂の乗った太腿をポンポンッと叩いて息子を呼び寄せ、膝枕をしてやる。

「あぁ、すっごい。お義母さんのオッパイ、こうして下から見上げるとさらにボリュームが感じられるよ」

恍惚の呟きを漏らした修也の右手が左乳房へ被せられ、再び円を描くように揉みこまれた。そして太腿から少し頭を浮かせた息子の顔が右乳房へと近づき、薄褐色の乳《にゅう》暈《うん》の中心に鎮座する、くすんだピンク色をした乳首をパクンッと唇に咥えこんできた。

その瞬間、裕美子の腰がピクッと震えてしまう。

「あんッ、修ちゃん。いいのよ、オッパイ、吸ってちょうだい」

チュパッ、チュパッと乳首に吸いつく息子の髪を右手で優しくひと撫ですると、裕美子は左手を修也の股間へとのばした。下腹部にくっついてしまいそうなほどの急角度でそそり立つペニスを、そっと握りこんでやる。

「ンむっ、うぅん……ヂュッ、チュパッ……」

強張りを握った直後、右乳首をしゃぶる修也が小さなうめきを漏らした。だが、乳首を解放することなく、さらに強く吸いついてきたのだ。それもただ吸うだけではなく、舌先を乳頭に這わせ、小刻みな刺激を送りこんでくる。

「はぁン、修ちゃん、そんな、ダメよ。お義母さんの乳首、悪戯しないで。あんッ、吸うだけにして」

裕美子のヒップが切なそうに揺れた。肉洞の疼きがさらに強まり、刺激を欲する膣襞が卑猥な蠕動を繰り返し、大量の淫蜜をパンティに滴らせていく。

(ただ赤ちゃんみたいにチュウチュウ吸うだけかと思っていたから、この刺激は……。ああん、早く射精させないと、本当に私のほうがおかしくなっちゃうわ)

性感の高まりに焦りを覚えながら、裕美子は左手に握ったペニスを高速でしごきあげた。ヂュッ、グチュッ、絡めた指と肉竿が奏でる粘音が大きくなり、強張り全体がビクッ、ビクッと断続的は痙攣に見舞われはじめている。それにつられて漏れ出す先走りの量も増え、鼻腔粘膜を刺激する性臭がさらに一段濃いものへと変化していく。

「ンむっ、うぅん、ぱぁ、お、お義母さん、出ちゃう。僕、もう、出ちゃうよ」

射精感の接近に耐えられなくなったのか、修也が乳首を解放し絶頂感を訴えた。

「いいのよ、出しなさい。そのためにしてあげてるんだから、お母さんの手でいっぱい気持ちよくなって」

乳首からの刺激がなくなったことで、少しだけ余裕を取り戻すことができた裕美子は、手淫の振幅幅を大きくしていった。こすりおろすときは、根本付近まできっちりとおろし、こすりあげるときは張り出した亀頭の段差を乗り越え、敏感な先端までしっかりと刺激してやる。

「ああ、出ちゃう。もっとお義母さんにしていてもらいたいのに、くぅぅ……」

「出して。我慢は身体によくないわ。さあ、出してスッキリしちゃいなさい」

「ヤダ、まだ、もっと……」

裕美子の指の動きがさらに速まっても、息子は必死に射精をこらえていた。

（あぁん、こんなに粘るなんて。もっとなにか、決定的なものがあれば……）

その瞬間、ベッドに置かれたままの薄紫のパンティを目の端が捉えた。

（そうよ、修ちゃんはもともと真帆さんの下着に悪戯していて、今回は私のに……）

考えるより先に右手が薄布にのびていた。なめらかで軽やかな下着を掴むと、左手を強張りからいったん離した。

「えっ？　お義母さん、どうして、僕、本当にもうすぐ」

「わかってるわ。すぐにまたこすってあげるから、安心なさい。今回は、お義母さんのこれを使ってね」

一瞬、泣きそうな声をあげた修也に、裕美子は薄紫のパンティを見せると、それを右手から左手に持ち替えた。

「そ、それって……」

「そうよ、修ちゃんが洗濯機から持ち出したお義母さんの……。ほら、これでこうしてあげる」

かすれた声で呟いた息子に頷き返し、裕美子は左手に持った薄布で修也の強張りを包みこむようにして握った。

「ンはぅ、あぁ、おっ、おかあ、さンッ！」

その瞬間、息子の腰が大きく突きあがった。左手からはペニスがさらに大きくなったのがわかる。

「あんッ、嘘でしょう。まだ、大きくなるなんて……」

（はぁン、ほんとにすごい。ダメ、このままじゃ私、本当に修ちゃんと間違いを……）

逞しさを増す硬直に熟女の性感がまたしても煽られてしまった。修也に膝枕をしてやったまま、ムッチリとした太腿同士を軽くこすり合わせていく。かすかな刺激が秘唇を襲うも、物足りなさに肉洞の疼きがさらに高まる。

「だって、お義母さんのパ、パンティが……」

「気持ちいい？　さあ、これでこすってあげるから、遠慮せずに出すのよ」

快感を伝えるように右手を這わせた左乳房を一瞬グッと摑んだ息子に微笑みかけながら、裕美子は薄布包みのペニスを高速でしごきあげた。なめらかな布地越しにも、ペニスの熱さがはっきりと伝わってくる。

「ああ、出ちゃう！　お義母さんの手で、お義母さんのパンティに僕、ぐッ、はあ、出ッるぅぅぅぅッ！」

その瞬間は唐突に訪れた。修也の口から尾を引くような絶頂がこぼれ落ちると同時にペニスには射精の脈動が襲い、迸《ほとばし》り出た白濁液が高級ランジェリーを汚してきた。

「あんッ、すっごい。出しているのね、修ちゃん、あなた、お義母さんの手で、こんなに……。あぁん、まだ出るの？　すごいわ、こんなに何度もビクンビクンするなんて」

「まだ、まだこすっていて、最後まで、くっ、あぁ、全部出しきるまで」

「わかったわ、ちゃんとしてあげるから、安心して、出しちゃいなさい」

蕩けた声で訴えてくる息子に頷き返した裕美子は、高まりつづける肉体の疼きに耐えつつ、最後の一滴まで絞り出すようにペニスをしごきあげるのであった。

第二章　実姉との禁断の子宮痙攣交接

1

週末、久しぶりに実家に戻り一夜をすごしていた真帆は、自室でヘッドホンをして音楽を聞いていたのだが、日付が変わろうとする直前に喉の渇きを覚え部屋を出た。すると、隣の部屋のドアがかすかに開き、廊下に一筋の光の帯を描き出している。

（修也、まだ起きてるんだ。勉強でもしているのかしら。だったら少し、励ましてあげようかな）

何気なくドアの隙間から中の様子を窺った瞬間、真帆の顔から血の気が引いた。

（ど、どういうこと……。どうしてお義母さんが修也にあんなことを……）

ドアの隙間から見えた光景。それは、ベッドに浅く腰をおろした弟の前にしゃがみこんだ義母が、逞しく屹立した強張りを握り、優しくこすりあげる姿であった。

(まさか、修也とお義母さんがこんな関係になっていただなんて……)

「あぁ、お義母さん、気持ちいいよ」

「ダメよ、修ちゃん、大きな声、出さないで。隣の部屋には真帆さんがいるのよ」

「わかってるよ。でも、お義母さんの手、とっても気持ちいいんだもん」

真帆の存在を気にしている裕美子に、修也は愉悦の表情を浮かべながら、陶然とした声で返している。

(いったいなぜこんな関係に……。それにしても、修也のがあんなに大きくなってただなんて……)

小学校五年生のときに実母が亡くなったこともあり、八歳下の弟を毎日風呂に入れるのは真帆の役割であった。その頃に見た、本当に小さな陰茎とは比べものにならないほど成長しているペニスに、完全に目を奪われてしまう。直後、ズンッという鈍痛が下腹部を襲った。

(ヤダわ、私ったら、修也のを見て、変な気持ちになるなんて)

大学を卒業して二年。社会人三年目の真帆は現在フリーであった。学生時代から付き合っていた恋人とは、社会人一年目の夏前に別れていた。以来、仕事に打ちこんでいたら、いつしか男女交際からは遠のいてしまっていたのだ。そのため、二十五歳の若い肉体はまったく性的には満たされない生活を送っていたのである。

(だからって、修也の、弟のを見てこんな気持ちになるなんておかしいわ)

そうは思うものの、弟のペニスから目を離すことができなくなっていた。

(それにしても、いつからこんな関係に……。私がこの家にいたときには、そんなそぶりまったくなかったと思ったけど……。っていうか、修也はお義母さんよりも実の姉である私のほうを……)

大学生まで実家で生活をしていた真帆は、弟が姉をウットリと見つめてきていることに気づいていた。その視線に含まれる性的欲求を感じ取った当初こそ戸惑ったものの、可愛い弟にわざわざ注意しようとは思わなかった。八歳という年の差の影響もあったのだろうが、くすぐったいほどの憧憬に微笑ましさすら覚えていたのだ。

しかし同時に、幼い頃から修也を溺愛してきたという自覚もあっただけに、今後も弟の真帆への想いが変わらなかった場合、可愛さ余って間違いを犯してしまうのではないかという恐怖もあった。そのため、大学卒業を機に一人暮らしをはじめたのだ。

(私が家を出たこの二年の間に、二人になにが……)

実家で生活をしていた頃、修也が義母に対して性的な視線を向けていた覚えはない。だとすれば、二人の関係は真帆が家を出たあとにできあがったことになる。

「ねえ、修ちゃん、本当にもうお姉ちゃんの下着を盗んだりしてないのよね」

思案に耽りながら義母と弟の淫戯を見つめていた真帆は、裕美子の口から発せられた言葉にハッとさせられた。思案を中断し、二人の会話に意識を集中させる。

「してないよ。お義母さんにもうしちゃダメだって言われてからは一度も、くっ、あぁ、き、今日はたまたま洗濯機にお姉ちゃんのを見つけて、それで……。はぁ、ダメだよ、そんな強くこすられたら、僕、すぐに……」

「本当ね、信じていいのね？」

「うん。こんなことまでしてもらってるんだから、お義母さんには嘘つかないよ」

修也の腰がビクッと跳ねたのが、ドアの隙間から覗き見る真帆にもわかった。

（修也、もう出ちゃいそうなんだわ。お義母さんに触られてそれで……）

弟が義母の手淫によって射精する場面を想像した真帆の子宮がキュンッと震えた。肉洞が狂おしげに疼き、円錐形の豊かな膨らみが張ってくるのがわかる。

（ヤダ、本当に私の身体も反応を……。でも、そうか、そういうことだったのね、だからこの前修也がウチに来たとき、下着がなくなっていなかったんだわ）

数カ月前から、弟が遊びに来たあとの洗濯機から下着が紛失する事件が発生していた。次に修也が尋ねてきた際に、なくなった下着が戻され、新たな一枚が消えていたのだ。

本来なら気づいた時点で注意すべきだったのだろう。しかし、頻繁に会えなくてもいまだ真帆を想いつづけているらしい弟が愛おしく、ついつい許してしまっていた。だが先週、修也が遊びに来た際には、なくなっていたライトグリーンのパンティが戻されただけで、新たな紛失は起こらなかったのである。

（お義母さんに私の下着を見つかったんだわ。それで代わりにお義母さんが……）

父が裕美子と再婚して十年。義母が血の繋がらない二人の子供に惜しみない愛情を注いでくれたのは、実感としてある。実母の記憶がない修也にとっては、裕美子こそが母親であろう。

しかし、当時、思春期真っ只中であった真帆にとっては複雑な存在であった。父の再婚には反対でなかったが、やはり家に他人が入り生活をともに送るという状況に慣れるのには少し時間を要した。それでも慣れてしまえば、適度な距離感を保ちつつ、必要な目配りはしてくれる裕美子の存在は決して不快なものではなかったのだ。

「あぁ、僕、本当にもう……。ねえ、お義母さん、また、いつもの、して」

必死に射精衝動と戦っているのか、絞り出すような声で修也が訴えかけた。

「もう、しょうのない子ね。お義母さんにこんなことまでさせるなんて」

どこか呆れたように言いながらも、義母は躊躇《ためら》いもなく弟のペニスに顔を近づけると、肉厚の唇を開き、張りつめた亀頭をパクンッと咥えこんだ。

「ンはっ！　おぉぉ、おかぁ、さンッ……」

（う、嘘でしょう！　まさか、ここまでのことを、義理とはいえ息子のオチ×チンを口に咥えるなんて……）

快感にいっそう顔を歪めた弟を見つめながら、真帆は呆気にとられてしまった。その間にも裕美子は頬を窄めるようにして首を前後に振り、修也のペニスをしごきあげている。ジュプッ、ヂュプッと粘つく摩擦音と弟が漏らす愉悦のうめきが、真帆の脳内に響き渡る。

（ダメ、ダメよ、そんなの。姉の下着への悪戯を止めさせる見返りが母親からのフェラチオなんて、やりすぎもいいところだわ）

義母と弟の行きすぎた関係に懸念を抱きつつ、オンナとしての快感を欲する身体を左右にくねらせた真帆の右手が、自然と自身の右乳房に這わされた。弾力豊かなFカップの膨らみをひと揉みすると、背筋に愉悦が走り、唇から甘いうめきが漏れた。

「あぁ、お義母さん、僕、ほんとにもうすぐ……」

蕩けた表情で義母を見つめる弟の両手が、裕美子の頭部に這わされ、セミロングの黒髪に指を絡みつかせている。

(修也もダメ、お義母さんをそんな目で見ちゃ、お姉ちゃんにだけ、あなたはお姉ちゃんにだけにそういう目を向ければいいのよ)

「えっ?」

小さな呟きが口をつき、慌て両手で口元を覆った。おそるおそる室内の様子を窺うも、絶頂寸前の修也、義理の息子に口唇愛撫を加える義母、双方とも真帆の存在に気づいた様子はない。そのことにホッと胸を撫でおろす。

(私、なんてことを考えたの。これじゃあまるでお義母さんに修也を盗られて嫉妬してるみたいじゃない)

脳裏をよぎった思い。だがなぜか、その感情はしっくりと馴染むように思えた。

(そうか、私、嫉妬してるんだ。可愛い修也が、ずっと私だけを見ていた弟がほかの女性に、母親に目を向けたことに、そしてお義母さんが私を言い訳に、修也にあんなエッチなことをしていることに嫉妬してるんだわ)

「おぉぉ、お義母さん、出る! 僕、もう、あっ、あぁぁぁぁぁぁ……」

真帆の見つめる先で、修也の腰が激しい痙攣に見舞われていた。

「ンむっ！　うぅ、むうぅ……ウンッ、ゴクッ……ゴクッ……」

裕美子の両目が見開かれ苦しげなうめきが聞こえてくる。しかしそれでも、義母は弟のペニスを解放することなく、悩ましく柳眉《りゅうび》を歪めた顔で放たれる精液を受け止め、喉の奥へと送りこんでいた。

（飲んでる！　お義母さんが修也の出したアレを当然のように……）

真帆の口の中に、元カレに請われて嚥下《えんげ》した白濁液の、苦く饐《す》えた味わいがよみがえってきた。吐き出してしまいたくなるほどに不味かった体液。その味わいを思い出した顔に不快の影がよぎる。

「あぁ、お義母さん、僕、まだ出ちゃうよ。お義母さんに吸い出されちゃううぅ」

絶頂に弛緩した顔で甘えた声を出す修也の腰が、断続的に突きあがっていく。義母はそれをしっかりと受け止め、弟の脈動が止むまでペニスを咥えつづけていた。

（あぁん、修也、そんなにお義母さんのお口は気持ちいいの？　お姉ちゃんの下着を、お姉ちゃんを忘れられるほどにいいの？）

可愛い弟を完全に義母に奪われた感覚を持った真帆が、どこか寂しげな表情を浮かべたとき、裕美子がゴクッと残滓《ざんし》を飲みこみ、強張りを解放した。

「ンパッ、あぁん、修ちゃんったら、あんなにいっぱい出すなんて」

「ごめん、お義母さん」

「うふっ、いいのよ、今日は大好きなお姉ちゃんに会えたから、いつもより興奮しちゃったのよね」

「いや、あの、そ、そんな、ことは……」

恥ずかしげに目を伏せる修也の横顔に、曇り気味であった真帆の顔がパッと明るくなった。

(修也、あなたまだお姉ちゃんのことを好きでいてくれているのね。お義母さんにこまでのことをしてもらってもまだ)

「いいのよ、ゆっくりで。真帆さんはすごく美人だし、素敵な女性だもの。久々に会って、また一段と綺麗になったなってお義母さんも思ったわ。そんなお姉ちゃんを卒業するのは、簡単ではないものね。だからゆっくり進んでいきましょう。お義母さん、これからもできる限りの協力はさせてもらうつもりだから。ねッ」

艶然と微笑んだ義母は、そう言うと再び右手をペニスにのばし、優しくこすりあげはじめた。さらに左手で修也の右手を摑むと、躊躇いもなく左乳房に導いていく。

「あぁ、お義母さん……」

弟の顔が一瞬で恍惚となり、慈《いつく》しむように裕美子のたわわな膨らみを揉みあげる。義母の口から甘いうめきが漏れ、その顔にいっそうの艶めきが増した。

（ちょっと、まだつづけるつもりなの？　っていうか、いまのお義母さんの顔、完全にオンナの表情をしてた。息子を気遣う母ではなく、一人の女性の顔を……。まさか、私をダシにして修也とさらに深い関係を築こうとしているんじゃ……）

一瞬垣間《かいま》見えた裕美子の表情に、真帆は不安感が膨れあがっていくのを感じた。

父と義母の夫婦関係がいまどのようなものであるのかはまったくわからない。ただ、父はすでに五十代半ばであり、夜の性活がない可能性は否定できなかった。対する裕美子はまだ四十代前半であり、オンナとして脂の乗っている年齢だ。もしかしたらその欲求を修也で満たそうとしているのでは、そんな思いに囚われてしまったのだ。

（修也はまだ私のことを好きでいてくれているんだから、まだ間に合う）

「あぁ、お義母さん、僕、また、出ちゃう」

修也の二度目の射精を訴える声を聞きつつ、真帆は一人覚悟を決めると、疼く肉体を抱えたまま自室へと戻るのであった。

2

「ねえ、修也。久しぶりにいっしょにお風呂、入ろうか」

「えっ！　お、お姉ちゃん、突然なに、言ってるの」

遠縁の法事に出るため、両親が揃って家を空けることになった週末。姉が一人で住むマンションに泊まりに来ていた修也は、予想もしていなかった言葉に見ていたテレビから慌てて視線を外した。そして、後方のキッチンで夕飯の後片付けをしている真帆を振り返る。

真帆のマンションは1DKで、いまいるダイニングキッチンと寝室に別れており、修也は今晩、いまいるダイニングに布団を敷き泊めてもらうことになっていた。

「なにを慌てているのよ。小さい頃は毎日、お姉ちゃんが修也をお風呂に入れてあげていたのよ」

「それはまあ、そうなんだけど……。ぼ、僕ももう、高校二年生だし、さすがに」

（なんだ？　お姉ちゃんはどういうつもりでいきなり……。お姉ちゃんとお風呂なんて無理に決まってる。もしそんなことになったら僕は……）

大好きな姉の裸を見たら、自身の身体がどういう反応を示してしまうのか、考える必要もない。

「だからなによ？　修也が高校生になっていることくらい、わかってるわよ。去年、高校の入学祝い、ちゃんとあげたでしょう」

「う、うん、ありがとう。あの時計、毎日使ってるよ。いまも、ほら」

洗い物を終えたのか、濡れた手を拭きこちらに戻ってきた真帆に、修也は自身の左手を掲げて見せた。その手首には、高校の入学祝いとして姉が贈ってくれた腕時計が巻かれていた。修也は毎日、その時計をして学校に通っているのだ。

「気に入って使ってくれているなら、お姉ちゃんとしても嬉しいわ。で、さっきの話のつづきだけど、私が高二のときは修也といっしょにお風呂に入ってたわよ」

悪戯っぽく微笑んだ真帆はそう言うと、椅子に座っていた修也の後ろから抱きつくように身体を密着させてきた。その瞬間、ふわっと甘い香りが鼻腔をくすぐり、背中にはボリューム満点の感触が伝わってくる。

「ちょ、ちょっと、お姉ちゃん」

（今日のお姉ちゃん、どうしちゃったんだろう）

本当に小さかった頃はことあるごとに抱き締め、愛情表現をしてくれた姉ではあったが、まさかいま後ろから抱きつかれるとは思っていなかった。それだけに、戸惑いが広がっていく。だが身体は素直な反応を見せた。背中に感じる柔らかく、弾力のある膨らみにペニスが一気に屹立し、ジーンズの下で苦しげに身じろぎをしている。

「ねえ、修也。修也はお姉ちゃんが嫌いになっちゃった？」

「えっ？　ま、まさか、そんなこと、僕がお姉ちゃんを嫌いになるわけ、ないじゃないか。いまでも大好きに決まってるでしょう」

右の耳元で悲しげな声で囁かれた修也は、ムキになったように反論し、秘めたる想いを口にしてしまった。

（ヤバイ、さすがにいまのは引かれちゃったかな）

真帆からの即答がなく、一瞬、間が空いたことに、修也は内心ヒヤヒヤしていた。

「ふふっ、そう、お姉ちゃんも修也のことは大好きよ。でも、それならいいじゃない。仲のいい姉弟でお風呂に入っても。それとも、お義母さんに私とあまり仲良くしすぎるなって、注意でも受けた？」

「まさか、お義母さんがそんな変なこと、言うわけないじゃん」

（もしかしてお姉ちゃん、僕とお義母さんのこと、なにか気づいてるんじゃ……）

意味深とも取れる姉の言動に、義母の裕美子と他人には言えない関係になっている修也は気が気ではなかった。

「そうよね、お義母さんはこの十年、本当にいい母親、してくれているものね。端から見たら、修也なんて完全に実の母と息子の関係に見えるもの」

「そ、そう、かな」

（やっぱりお姉ちゃん、なにか気づいてる？　だからわざとこんな……）

真帆に対してのやましさがあるだけに、修也は顔を引き攣らせながら、少しかすれ気味の声で返すこととなった。

「そうよ。お義母さんは私にも充分な愛情を注いでくれていたけど、修也に対してはそれ以上なんじゃないかな。まあ、修也に対する愛情なら、私も負けていないと思うけど」

「うん、お姉ちゃんがいたから僕、お母さんがいない寂しさを感じたことなかったし、お姉ちゃんがそばにいてくれるだけで、幸せだったよ」

幼少時、母親がいなくて悲しい思いをした記憶はほとんどない。常に大好きな姉がそばにいてくれたことで、充分な愛情と幸福を感じられていたのだ。

「あら、ありがとう。それなら、久しぶりにいっしょのお風呂もいいじゃない。修也が高校生なのはわかってるけど、血の繋がった実の姉である私が相手なら、別にいいんじゃない？　それとも、なにか問題でもあるの？」

そう言うと真帆は、さらに身体を押しつけてきた。背中に感じる弾力豊かな膨らみがグニュッといっそう押し潰れる悩ましい感触に、背筋がゾクッとしてしまう。完全勃起のペニスは小刻みな胴震いをみせ、早く解放しろと急かしてくる。

「な、ないよ、そんな問題なんて、なんにも、微塵も」

(やっぱりお姉ちゃん、僕の気持ち、全然気づいてない)

姉に抱いてはいけない秘めたる感情を知られていないことに胸を撫でおろしつつも、同時に一抹の寂しさを覚えてしまう。

「でしょう、だったら、久しぶりにいっしょに入りましょう。背中、流してあげる」

「う、うん」

真帆のペースで丸めこまれた感がなきにしもあらずであったが、あまりに頑《かたく》なな拒絶は、それはそれで良好な姉との関係に亀裂を入れてしまう恐怖があり、修也としては頷くしかなかった。

「じゃあ、修也は先に入っていて。私も着替えの支度をしたら、すぐに行くから」

蠱惑《こわく》的な笑みを浮かべ密着させていた身体を離した姉は、そのまま寝室として使っている部屋へと入っていった。

（あぁ、これはもう、覚悟を決めるしかないのか……。勃起しないですめばいいけど、オッパイを押しつけられただけでこんなになっちゃってるんだから、それは絶対無理な相談だな。はぁ、お姉ちゃんに優しくしてもらえるのも、今日で最後か）

いまだジーンズの下で小刻みな跳ねあがりをみせているペニスに、修也は泣きたい気分になりつつ、部屋の隅に置いていたバッグから着替えを取り出すと、重たい足取りで浴室へと向かった。

「修也の背中、大きくなったわね」

風呂椅子に座る修也の後ろで膝立ちとなった真帆は、ボディスポンジで弟の背中を洗ってやりながら感慨深げに呟いた。

「そ、そりゃあ、僕だってもう、こ、高校生、だし」

股間を隠すように少し背中を丸めた弟が、いつもよりも緊張した声で返してくる。

（そうよね、私よりも修也のほうがずっと緊張してるわよね）

平静を装って裸体を晒している真帆であったが、浴室に足を踏み入れた瞬間、円錐形のたわわな美乳や、細く、深く括れた腰回り、楕円形に茂った細い陰毛へと、まんべんなく強い視線を注がれていた。オトコとしての欲望を宿しながらも姉への憧憬が感じられる眼差しに、胸の奥がキュンッと震え鼓動が速まると同時に、下腹部にはモヤモヤとした感覚が漂いだしていたのだ。

「そうよね、もう大人よね」

(そうよ、だからこそ、お義母さんとあれ以上のことは……)

最初は真帆の下着を持ち出していることを止めさせる目的だったのかもしれない。だが、覗き見た義母の表情には、明らかに母親ではなく成熟したオンナの顔が垣間見えていた。自分を言い訳に裕美子と修也が関係を進展させることは、決して容認できるものではないのだ。

(お義母さんには申し訳ないけど、修也は返してもらうわ)

弟の背中をまんべんなく泡まみれにした真帆は、なんの前触れもなく両手を修也の脇腹から前へとすべらせた。豊かな双乳が弟の背中で押し潰されていく。先ほど身体を密着させたときとは違う、ダイレクトな感触に腰骨が震える。

「ンヒャッ！ ちょ、ちょっと、おッ、お姉ちゃん」

「ちょっと、変な声出さないの。前も洗ってあげるだけだから」

「で、でも、あの、前は……」

「後ろからじゃなくて、昔みたいに正面にまわって洗ってあげたほうがいい？」

背中を強張らせた弟の耳元に唇を寄せ、真帆は悪戯っぽく囁きかけてやった。

「い、いえ、う、後ろ、からで……」

（修也、いまどういう意味で言ったの？　お姉ちゃんのオッパイの感触を味わいたいから？　それとも、前にまわったお姉ちゃんにオチ×チン、見られたくないから？）

上ずった声で返してくる修也が可愛く、真帆は心のなかで意地悪な質問をしていた。推測される答えはおそらくその両方だろう。姉が正面にまわれば、その裸体を間近で見つめることができる反面、ペニスを見られる確率も高くなる。ならば、裸は見られなくとも、生乳房の感触を味わったほうが得策という考えだ。

「前にまわったほうが洗いやすいんだけど、まあ、修也がそう言うのなら、後ろから洗ってあげる」

Fカップの膨らみを惜しげもなく押しつけながら、真帆は弟の胸部から腹部へかけてスポンジを這わせていった。手の動きに連動して、修也の背中でひしゃげた弾力豊かな乳房をこすりつける格好となり、球状に硬化しはじめていた乳首から切ない愉悦が背筋を駆けあがっていく。自然と鼻からは甘いうめきが漏れてしまう。さらには子宮に鈍痛が襲い、秘唇からは淫蜜が滲み出していた。

「あぁ、お、お姉ちゃん……」

「なんて声出しているのよ。くすぐったいの？」

（このままじゃ、私のほうがたまらなくなっちゃいそう。だったら、そろそろ……）

真帆は肉体の疼きにヒップを左右にくねらせながら、上半身を左右に揺らす修也の耳元で囁くと、右手に持っていたスポンジを洗い場の床に落とし、弟の下腹部へと両手をのばした。股間を覆い隠すようにしていた両手を跳ねのけ、泡まみれの右手でペニスをギュッと握りこむ。

「ンはッ！　おッ、おねえ、ちゃンッ！」

完全に裏返った弟の声が浴室に反響する。

「ちょっと修也、あなた、なに考えてるの。お姉ちゃんとのお風呂で、ここをこんなに大きくさせちゃってるなんて」

（す、すごい……。こんなに硬いなんて嘘でしょう。それに、とっても熱くて手が焼かれちゃいそう。あの可愛かった修也のがこんなに逞しくなってるなんて……）

口では呆れたような言葉を紡《つむ》ぎながら、真帆の肉体は二年ぶりに触れたいきり立つ男性器に、確実に性感を高め受け入れ準備を加速させていた。膣襞が妖しく蠢き、押し出された淫蜜が内腿を伝い落ちていくのがわかる。

「あぁ、ごめんなさい、お姉ちゃん」

「それは、なにに対するごめんなさいなの」

いまにも泣き出しそうな声をあげた修也を可愛く思いながら、真帆は意地悪をするように右手に握ったペニスを上下にこすりあげた。たっぷりと泡にまみれた指先が熱い肉槍をスムーズにしごきあげていく。ピクピクッと断続的に跳ねあがる強張りと、徐々に強くなっていく性臭に、身体がオンナとしての悦びを欲してしまう。

(こんなにエッチな気持ちになるの、ほんと久しぶり。その相手が弟だなんて……)

「くッ、あぁ、こ、こすらないで。我慢、できなくなっちゃう。僕、ほんとに昔からお姉ちゃんが大好きで、だから、ンッ、は、裸を見たら自然とこんな……あぁ、お姉ちゃん、ほんとに許して」

「やめていいの？」

「だ、だって、姉弟でこんなこと」

修也の声が半泣きになっていることに、ますます愛おしさがこみあげてくる。しかし、それと同時に義母との関係についての嫉妬心も再び胸によみがえってきた。

「お義母さんはよくって、お姉ちゃんはダメなのね」

「えっ⁉」

その瞬間、金縛りにでも遭ったかのように弟の動きがピタッと止まった。真帆がペニスから手を離し身体の密着を解いてやると、修也が後ろを振り向いてきた。

「お、お姉ちゃん、どうして、そ、それを……」

蒸気に満ちた浴室にいるにもかかわらず、弟の顔からは血の気が引き、その声はカサカサにひび割れている。

「どうしてって、それは……」

先日、実家に泊まった日の夜に覗き見た情景を、わざと淡々と伝えてやった。すると、寒気でも覚えているのか、弟の身体が小刻みに震えだした。

「逆に聞きたいんだけど、どうしてお義母さんとあんな関係になってるの」

「そ、それは……」

目に涙を溜め、不安とも恐怖ともつかない表情となった修也が、消え入りそうな声で下着を持ち出していたことを告白してきた。予想していたとおり義母に持ち出した下着が見つかり、止めることと引き換えに自慰の手伝いをしてもらっていたようだ。

「本当にごめんなさい」

両目から涙を溢れさせ頭をさげてきた修也に、際限ない愛情がこみあげてくる。

「下着の件は知っていたし、それをいまさら咎《とが》めようとは思わないわ」

「えっ？　知ってたって、お姉ちゃん、気づいてたの？　それなのに、なにも言わずに……いまはいっしょにお風呂にまで……」

愕然とした表情となった修也が、まじまじと見つめてくる。

（一枚でも下着がなくなればわかるものなのに、本当に私が気づいていないと思っていたみたいね。お義母さんも、私にバレたら困るでしょうって言い方したみたいだけど、必要以上に修也にショックを与えないためだったのかしら？　それとも……）

女性なら下着の紛失には敏感なはずだ。だとすれば、裕美子は真帆が気づいていることを察していた可能性がある。しかし、それを修也に伝えなかった真意を測りかねていた。前者の理由だと思いたいが、オンナの顔を見てしまっている以上、疑いたくなる気持ちもあった。

「もちろん最初はビックリしたけど、修也は私にとって可愛い弟だからね。多少のことは目をつむってあげるわよ」

「あぁ、お姉ちゃん」

弟の顔が、今度は陶然とした表情を見せる。

「でも、お義母さんとあんな関係になっていたのは、ショックだったな」

「ごめんなさい」

百面相のようにコロコロと表情を変え、いまは落ちこんだ顔になっている修也に、真帆はクスッとしてしまった。

「だから、さっきのつづきね。お義母さんがしていたように、今日はお姉ちゃんの手で修也を気持ちよくしてあげるわ」

囁くように言った真帆は、再び弟の背中に美乳を押しつけると、両手を弟の股間へとのばした。すっかり萎えてしまっていたペニスを優しく摘まみあげてやる。

「ンはっ、お、お姉ちゃん……」

修也がビクッと身体を震わせた直後、淫茎に一気に血液が集まり、あっという間に完全勃起を取り戻した。

「あぁん、ちょっと修也、これ、さっきよりさらに大きくなってない」

「だって、さっきはお姉ちゃんに大きくしてるのが見つかった恥ずかしさもあって、でも、いまは……お姉ちゃんのオッパイの感触も遠慮しないで感じていいんだって思ったら……あぁ、ダメ、そんな優しくこすられたら、僕、すぐに……」

「もう、修也ったら、ほんとに可愛いんだから」

弟の言葉に自然と頬が緩んでくるのがわかる。この瞬間、義母への嫉妬や対抗心は消え、単純に溺愛する弟を気持ちよくしてやりたい、という思いが強まっていた。

ガチガチに硬くなり、熱い血潮の脈動を伝えてくる肉竿を右手で優しくしごきあげつつ、真帆は左手を陰嚢へと這わせると、手のひら全体で睾丸を転がすような刺激を加えていった。

「うわッ、くっ、ダメ、お姉ちゃん、ほんと、そんなところ、触られたことないから、僕、あぁ、出ちゃうよ。ねえ、お姉ちゃん、お姉ちゃん」

「いいのよ、出しなさい。お姉ちゃんの手でいっぱい気持ちよくなっちゃいなさい」

ボディソープのヌメリと溢れ出した先走りを潤滑油として、右手と強張りがこすれ合っていく。ジュチュッ、グチュッと卑猥な摩擦音が起こり、ボディソープのフローラルな香りとはまったく違う、鼻の奥がムズムズし、オンナの性感をくすぐる牡臭が立ちのぼってくる。

(あぁん、修也のこすってあげてるだけなのに、私の身体、どんどんエッチな感度が高まってきてる。絶対に許されないことなのに、修也のこれ、欲しくなってる。お義母さん、よく耐えられているわね)

肉洞の疼きが耐えがたいまでに高まっていた。溢れ出した淫蜜で左右の内腿がビチャビチャになっている。毎日息子の性欲を手や口で満たしてやっているらしい義母。初めて修也の自慰を手伝っている真帆がここまでたまらなくなっているのに、よく踏みとどまっていられるものだという思いが芽生えてきた。

（お義母さんもそうとう耐えてるんだわ。息子との一線を越えないようにしながら、実の姉への感情を少しでも和らげようと……）

裕美子の苦悩がいまさらながらにわかる気がした。だが、若い肉体の疼きは止まることなく、自然と呼吸も荒くなり、甘い吐息を修也の耳元に吹きかけていく。こそばゆいのか、弟が肩をピクッとすくませた。

「出ちゃう！　お姉ちゃん、僕、本当に……」

風呂椅子に座る修也の身体が狂おしげに左右に揺れ動いた。右手に握るペニスからも断続的に小刻みな痙攣が伝わってくる。

「出して！　さあ、修也の白いのが出る瞬間をお姉ちゃんに見せて」

甘く囁きながら手淫速度をさらにあげた。左の手のひらで睾丸を弄《もてあそ》びながら、右手の指は竿だけでなく、パンパンに張りつめた亀頭にものばされ、フェザータッチで撫でまわしていく。

「あぁ、出ちゃう。お姉ちゃん、僕、もう、くッ、出ッるぅぅぅぅッ！」

椅子から転げ落ちるのではないかと思えるほど激しい痙攣が修也の腰を襲ったと同時に、大量の白濁液が迸り出た。ズピュッ、ドピュッと勢いよく放たれた精液が、浴室の壁面にドロッとした塊として叩きつけられていく。蒸れた浴室内に濃厚は性臭が撒き散らされ、鼻から息を吸いこむだけで真帆の脳は酔わされてしまった。

（ダメ、この強烈な匂いで頭がクラクラしちゃうし、あそこのジンジンも強まっちゃってる。あぁん、欲しい！　硬いので思いきりあそこの奥を引っ掻きまわされたい）

「もう、こんなにいっぱい出すなんて、修也のエッチ」

気を抜けばその瞬間、禁断の挿入のおねだりをしてしまいそうな肉洞の疼きを必死に耐えながら、かすれた声で弟に囁きかけた。

「大好きなお姉ちゃんにしてもらったんだもん、いつもよりいっぱい出ちゃうよ」

完全に蕩けた顔をした修也が上気した顔で振り返ってきた。その満ち足りた表情に、真帆の胸がまたしてもキュンッとしてしまった。同時に子宮にも疼きが走り、さらなる淫蜜が秘唇から垂れ落ちていく。

「修也が満足してくれて、お姉ちゃんも嬉しいわ」

にっこりと微笑んでやると、弟が背筋を震わせたのがわかる。一瞬、思いつめたように顔を伏せた修也だが、次の瞬間、顔をあげると椅子から腰を浮かし、真帆と向かい合うように膝立ちとなってきた。

「お、お姉ちゃん、僕」

修也の熱い両手が真帆の肩をグッと掴んでくる。

「えっ？　ど、どうしたのよ、修也」

突然のことに、真帆は驚き顔で弟を見つめた。

「お姉ちゃん、僕、まだ……。もっとお姉ちゃんと……さ、最後までエッチしたい」

「なっ、なにを……。しゅ、修也、あなた、なにを言ってるか、わかってるの。私たちは実の姉弟なのよ、それなのに」

ペニスを欲しながらも、姉弟という足枷に囚われ気持ちを抑えつけていた真帆は、修也のストレートな言葉に心を大きく揺らされながらも、建前を口にしていた。

「そんなの関係ない！　僕はお姉ちゃんが大好きだから、初めては大好きなお姉ちゃんとがいい。ほら、見て、僕の、お姉ちゃんとしたくて、まだ……」

「す、すっごい……」

修也の目線を追うように視線を落とすと、そこにはうっすらとシャボンを纏ったペニスが、いまだ隆々とそそり立っていた。鈴口《すずぐち》から漏れ出している白濁液の残滓と立ちのぼる匂いに、真帆の性感が煽られていく。

（そういえば、覗いたときもお義母さんに立てつづけに……。あぁ、ダメ。私もあそこがウズウズしてるから流されちゃいそう。お義母さんの自制心、もしかしたらとんでもなくすごいんじゃ……）

熟れたオンナの顔を覗かせながらも最後の一線だけは死守している裕美子に、真帆は畏敬の念を覚えた。

「お願い、お姉ちゃん、僕の初めての相手になって」

(こんな真剣な目で見つめられたら私、修也に、弟に落とされちゃう)

「お義母さんじゃなくていいの？」

「うん、お姉ちゃんがいい」

「ああ、修也……」

修也のまっすぐな想いに、真帆は完全に心を射貫かれてしまった。ただでさえ溺愛してきた弟だ。ここまで強く求められては、世間体や建前などどうでもよくなる。

「わかったわ、修也の初めて、お姉ちゃんが奪ってあげる」

「ほ、ほんとに！」

「ええ、本当よ。だから、身体を流したらベッドに行きましょう」

艶然と微笑んだ真帆の顔には、ありありとオンナの色気が浮かんでいた。

3

「お姉ちゃんの裸、ほんとに綺麗だ」

浴室から姉の寝室へと移動した修也は、部屋の中央に置かれたセミダブルのベッドの前で真帆と向き合っていた。姉弟はともに裸であり、修也の股間ではペニスが下腹部に張りつきそうな急角度でそそり立っている。姉の手淫で抜いてもらったばかりであったが、早くも二度目の射精感を覚えるほどの興奮状態だ。

「ありがとう、修也のもとっても立派で素敵よ」

真帆の視線が股間におろされると、勃起を見られているという意識が鮮明になり、背筋がゾクゾクと震えてしまった。

美しく整った顔立ちの真帆。切れ長で理知的な瞳、すっと通った鼻筋に、ふっくらとした唇。顔のパーツひとつひとつが完璧なバランスで配置されていた。

スラリとした長身は、しかし脱ぐとグラマーであり、円錐形に実った双乳は義母ほどではないが充分すぎるほど豊かであった。ウエストが深く括れていることもバストの豊かさをより強調している。無防備に張り出したヒップはツンッと上向きで、溜め息が出るほどのスタイルのよさを誇っていた。

(本当に僕はこれからお姉ちゃんと……。お義母さん、ごめん。僕、やっぱりお姉ちゃんのことが……)

幼少時からずっと好きだった姉との近親相姦。姉弟で間違った関係にならないよう自慰の手伝いをしてくれた義母には申し訳ない思いを抱きつつ、その想像だけでペニスが胴震いを起こす。

「あ、あの、お姉ちゃんの身体、触ってもいい」

「ええ、いいわよ。どこに触りたいのって、ふふっ、オッパイでしょう。さっきからすっごい視線を感じてるわよ」

「あっ、いや、そ、それは……」

「いいのよ、ほら、手を出して」

真帆の指摘に頬を熱くさせていると、優しい微笑みを浮かべた姉の右手が修也の右手首を摑み、そのまま左の膨らみへと導いてくれた。ムニュッ、義母の柔らかな熟乳とはひと味違う、弾力の強い感触が右手全体に伝わってくる。

「あぁ、お姉ちゃん……」

陶然とした呟きが漏れ、右手で姉の乳房を愛おしそうに揉みあげつつ、左手が自然と真帆の細いウエストへと這わされ、抱き寄せる形となった。

「あんッ、修也ったら、そんなに一生懸命モミモミして、お姉ちゃんのオッパイ、気持ちいい？」

「うん、すっごく気持ちいいよ。大きくって柔らかいのに、指が押し返される弾力があって、ずっと触っていたいくらい、気持ちいいよ」

「修也、お義母さんのオッパイにも触ってるでしょう。知ってるんだから。私の胸より、ずっと大きいでしょう、お義母さん」

瞳を悩ましく細め、甘い吐息をつく姉に見つめられると、それだけで腰が震え、なんでも告白してしまいそうになる。

「た、確かに、お義母さんのオッパイはお姉ちゃんのより大きいけど……」

裕美子の指がどこまでも沈みこんでいくのではないかと思える双乳を改めて思い出し、睾丸がクンッと迫《せ》りあがってきた。パンパンに張りつめた亀頭からは次から次へと先走りが溢れ、亀頭全体がコーティングされるばかりか、裏筋を通って垂れ落ちた粘液が陰嚢をも濡らしていた。さらには、鼻の奥をくすぐる牡臭も強まっている。

「あっ、修也。いま、お姉ちゃんの胸を揉みながら、お義母さんのオッパイを思い出してるわね。そんな悪い子にはお仕置きよ」

「えっ、そ、そんなこと、うわッ！　くっ！　ダメ、そんないきなり、また……」

ハッとして美しい真帆の顔を見たときには、姉の右手が肉竿の中央をギュッと握りこんでいた。少しヒンヤリとしたなめらかな指先が、いきり立つペニスをしごきあげてくる。一気に喜悦が駆けあがり、迫りあがる射精感に身もだえしてしまう。

「あぁん、すごいわ、修也のこれ、本当にすごく硬くて、熱い」

「お、お姉ちゃん、やめて、じゃないと、僕、本当にまた……。あぁ、イヤだ、出すなら、お、お姉ちゃんのあそこに、出したいよ」

必死に射精感と戦いながら、本音がポロリとこぼれ落ちた。

「ふ～ん、エッチな修也はお姉ちゃんの膣中に直接出したいんだ。もしかしてお姉ちゃんを妊娠させるつもり？」

「ご、ごめんなさい、そこは、ちゃんと、くッ、します。でも、お姉ちゃんを誰にも盗られたくない気持ちは、あぁ、お願い、もっと緩めて、じゃないと本当に……」

からかうように耳元で囁き、手淫速度をあげてきた真帆に、修也は奥歯をグッと噛み、切なそうに腰を左右にくねらせた。

「出ちゃうの？　いいよ、もう一度出しちゃッ、はンッ！　しゅ、しゅうヤ……」

蠱惑の微笑みでペニスをこすりあげてくる真帆の声が、突然、裏返った。必死に射精感をやりすごしていた修也が反撃とばかりに、右手の親指と人差し指で綺麗なピンク色をしている乳首を摘まんだのだ。

「す、すごい、お姉ちゃんのここ、コリコリしてるよ」

「あぁん、ダメよ、修也、そこばっかりされたら、お姉ちゃん……」

ギュッと強張りを握りこんできた姉が、艶めかしく腰を揺すってくる。ゾクリとするほど悩ましい瞳で見つめられると、それだけで骨抜きにされてしまいそうだ。

「お姉ちゃんも感じてくれてるんだね。僕が、お姉ちゃんを……」

「そうよ、修也に触られて、お姉ちゃんも、あんッ、気持ちいいわ」

「あぁ、お姉ちゃん。僕、お姉ちゃんのあそこが見たいよ」

「えっ？」

乳首を悪戯したことで手淫を弱めてくれていた真帆の目が、驚きに見開かれた。

「女の人のあそこ、見たことないから、それで……」

姉の反応に恥ずかしさがこみあげてきた修也の口から、言い訳がましい言葉が紡がれていく。

「さすがにお義母さんもそこまでは見せてくれてないのね」

「うん」

真帆の確認に小さく頷き返す。

「わかった、いいわよ。どうせすぐ見せることになるんだもんね」

少し躊躇うそぶりを見せながらも、最終的には受け入れの言葉を返してくれた。

「ああ、お姉ちゃん、あ、ありがとう」

「そんなお礼を言われるようなことじゃないわよ」

優しく微笑んだ真帆がペニスから手を離してくる。それに反応するように、修也も姉の乳房と腰から手を離す。すると美姉はセミダブルのベッドに近寄り、掛け布団を床に落とすと、マットの端に浅く腰をおろした。そして、恥ずかしそうにしながらも脚を開いてくれたのだ。

「こ、これが、女の人の、お姉ちゃんの、あそこ……ゴクッ、こんなに綺麗で、甘酸っぱい匂いがしてただなんて……」

開かれた真帆の脚の間にしゃがみこんだ修也は、ゴクッと生唾を飲み、目の前に開陳された女性器に見とれてしまった。

そこは驚くほどの透明感に溢れていた。陰唇のはみ出しもほとんどなく、ひっそりとした佇《たたず》まいをしている。一見、卑猥さとは無縁な清楚さに溢れているのだが、その表面はうっすらと蜜液にコーティングされ、鼻の奥がむず痒くなるほどの香りを漂わせていた。

「あんッ、恥ずかしいから、あまりジロジロは見ないで」

「ごめん、でも、綺麗なピンク色をしていてとっても素敵だよ。ねえ、少しだけ、舐めてみても、いい？」

「い、いいけど、すごく敏感な部分なんだから、優しくしてくれなくちゃイヤよ」

美しい顔を赤らめた真帆に、修也は総身を震わせた。いきり立つ強張りも大きく跳ねあがり、張りつめた亀頭先端から粘度の増した先走りを滲ませてしまう。

「も、もちろんだよ。ありがとう、お姉ちゃん」

再び喉を鳴らした修也は両手を内腿に這わせ、グイッとさらに脚を開かせた。適度な肉付きの腿肌は、ムチッとした弾力と絹のようななめらかさが同居している。

(あぁ、お姉ちゃんのあそこ、オマ×コをこんな近くに見られるなんて……。す、すごい、顔を近づけると、どんどん甘い匂いも強まってくる)

恍惚顔のまま、修也は姉の淫裂に唇を密着させた。その瞬間、真帆の腰がピクッと少し浮きあがった。

「あんッ、しゅ、修也……」

(キス、してるんだ。僕、大好きなお姉ちゃんのあそこと……。感じさせたい！僕唇に感じるぷにゅっと艶めかしい女肉と、漏れ出た淫蜜のヌメリに背筋を震わせつつ、修也はおずおずと舌を突き出し、ペロペロッと禁断の秘唇を舐めあげた。

「あぁん、修也、うぅン……」

またしても姉の腰が跳ね、髪の毛がクシャクシャッとされる。

(お姉ちゃん、感じてくれてるんだ。だったらもっと……。この甘いエッチなジュースをもっといっぱい飲んであげれば、さらに……)

真帆の反応に喜びを覚えた修也は、最初は控えめだった舌の動きを、ダイナミックにさせていった。秘唇の下端から上端までを大胆に舐めあげたかと思うと、ぶちゅっと吸いつき、小刻みに舌先を震わせながら淫蜜を吸い出していく。

「あんッ、修也。そんな、一生懸命してくれなくても、お姉ちゃんは充分に……」

系統だったもののない無秩序な、テクニックの欠片も感じられない愛撫であったが、二年ぶりの直接的な刺激に真帆の身体は過敏に反応していた。

(弟にあそこを見せるだけでもタブーなのに、舐めさせて、感じちゃってるなんて……。ダメなのに、でも、久しぶりすぎて、あそこが悦んでる)

背筋を駆けあがり快楽中枢を揺さぶる淫悦。悩ましく目を細め、自分の股間に顔を埋める修也を見下ろすと、その背徳感がいっそう強くなる。

チュパッ、チュパッ……ジュルル……ヂュパッ……。弟の舌が淫裂を往復し、溢れ出す蜜液を吸われるたびに、若い女の腰には小刻みな痙攣が襲っていた。

(まさか、初めての修也にこんなに感じさせられちゃうなんて……)

「うぅン、修也、もういいでしょう。そろそろ、あなたも、キャンッ！ ダメ！ そこ、そこ、だけ、は……」

弟の顔を秘唇から引き離そうとしたまさにそのとき、修也の舌先が秘唇の合わせ目で存在を主張しはじめていたポッチを捉えた。一瞬にして痺れる快感が脳天に突き抜け、悦楽の火花が瞬く。

ジュパッ、チュッ、チュチュッ、チュパッ……。

それまでと違う真帆の反応に、修也の舌先が集中的に淫突起を嬲《なぶ》りまわしてくる。尖らせた舌先がクリトリスを刺激するたびに、真帆の腰が小刻みに跳ねあがり、愉悦の煌めきが眼窩《がんか》を襲った。刺激を受けていない双乳がさらに張り、乳首がピク、ピクッと震えている。

「ダメ、修也、お願い、ほんとにそれ以上は……あぁん、しゅう、ヤッ」

迫りあがってくる絶頂感に身もだえる真帆は、弟の顔を挟みつけるように太腿を閉じ合わせ、髪の毛をクシャクシャッと掻きむしった。その間も、修也は股間に顔を密着させ、ジュルッ、チュパッ、クチュッ……と姉の淫裂に刺激を送りつづけてきた。

(あぁん、ダメだわ、このままじゃ私、童貞の弟にイカされちゃう……)

導いてやる立場でありながら、未経験の弟に絶頂に追いやられることは、姉としての矜持《きょうじ》が許さなかった。そのため真帆は快感に全身を炙《あぶ》られながらも、修也の髪の毛をギュッと摑み、半ば強引に淫裂を解放させた。

「ンぱぁ、はぁ、ハア、あぁ、お、おねえ、ちゃん……」

唇の周囲を蜜液でテカらせる弟のウットリとした眼差しに、真帆の腰骨がぶるりと震えた。同時に、口の周りをべっとり濡らすほどに淫蜜を滴らせてしまっている事実を突きつけられ、燃えるような羞恥が全身を包んだ。

「もうそれくらいでいいでしょう。そろそろ経験したいんじゃないの?」

恥ずかしさを隠すように、あくまでも修也のためを思っての行為だと匂わせる。

「う、うん、実は、僕、さっきからずっと出ちゃいそうだったんだ」

姉の思惑に気づいた様子もなく、修也は恥ずかしそうに目を伏せ、消え入りそうな声で返してきた。

（ふふっ、本当に修也はいい子だわ。これだから、甘えられるといくらでも可愛がってあげたくなっちゃうのよ）

弟の素直な答えに母性をくすぐられた真帆は、改めて修也の股間に視線を向けた。するとこれ以上は無理だと言わんばかりに屹立するペニスが飛びこんできた。肉竿に浮きあがる血管が一段と太くなり、無垢なピンク色だった亀頭はパンパンに膨張して赤黒く変色。漏れ出した先走りが玉状の滴となって裏筋方向に垂れ落ちている。

「もう、我慢しないで早く言えばいいのに。でも、ごめんね、待たせちゃって。経験させてあげるから、修也が先にベッドに横になりなさい」

「わ、わかった。僕、本当にお姉ちゃんで経験させてもらえるんだね」

「そうよ。修也の初めてはお姉ちゃんがもらうわ」

（あぁ、本当に私が弟の初めてを……。絶対に許されないことなのに、でも……）

言葉にしたことで、姉弟相姦のタブーがより強く意識させられ、腰が妖しく震えてしまった。子宮の疼きが増し、膣襞が卑猥な蠕動でさらなる甘蜜を押し出してくる。

「あぁ、お姉ちゃん……」

「さあ、ベッドにあがりなさい」

陶然とした表情の修也に再度促すと、弟はゴクッと喉を鳴らし、セミダブルのベッドに横たわっていく。それを見届けてから真帆もベッドへとあがり、修也の腰を跨ぐ体勢となった。

「す、すごい、お姉ちゃんのあそこが、また……」

「恥ずかしいからそういうことは言わないの。さっきまでさんざんお姉ちゃんの大切なところを悪戯していたのは修也でしょう」

再び弟の目に濡れた淫裂を見せていることを意識し、カッと頬が熱くなった。

「うん、とっても甘くて、いい匂いがして、美味しかったよ」

淫蜜の味わいでも思い出したのか、修也の頬が緩み、唾を飲んだのがわかる。

「もう、修也のバカ」

さらに恥ずかしさが募った真帆は素っ気なく返すと、両膝を弟の腰の脇につき、ゆっくりと双臀《そうでん》を落としこんだ。

「い、いよいよ、僕、本当に……」

「なぁに、怖くなっちゃった？　だったら、止めようか」

（でも、こんなところで止められたら、私のほうがどうにかなっちゃいそう）

軽口から一転、緊張し上ずった声をあげた修也に、淫欲が信じられないほど高まってしまっていた真帆は、蠱惑の眼差しを送った。

「えっ、ヤダ、止めない、つづける。僕、お姉ちゃんで……」

「ふだんから修也のことを思っていろいろしてくれているお義母さんじゃなく、離れて暮らしているお姉ちゃんでいいのね？」

（あぁ、やはり私、先に修也とエッチな関係になったお義母さんに対しての嫉妬がまだあるんだわ。だから、こんな大胆なことができちゃってるのかも）

溺愛してきた弟を義母に奪われた感情が心の奥底に燻《くすぶ》っていることを、真帆は自身の言葉で再認識させられた思いだ。

「うん、お姉ちゃんがいい。確かにお義母さんのことも好きだし、裏切っちゃうことになるけど、それでも僕、初めてはやっぱり……」

真剣な眼差しで見上げてくる修也に、胸の奥がキュンキュンさせられてしまった。

「わかったわ。だったらお望みどおり、お姉ちゃんの身体でオトコにしてあげる」

艶然と微笑み返し、右手を弟のペニスへとのばした。本人の顎に照準を合わせるような急角度でそそり立つ強張り。ギチギチに血液漲る肉竿の中央をやんわりと握り、挿入しやすいよう起こしあげていく。

「ンはっ、あぁ、お、お姉ちゃん……」

「あんッ、修也のこれ、本当に硬くて、驚くほどに熱いわ。まだ出しちゃダメよ。あとちょっとの我慢だから、耐えて」

(ほんとになんて硬さなの。こんなガチガチになったモノで膣中をこすられたら、私その瞬間に……)

逞しい肉槍で柔襞をこすりあげられることを想像すると、それだけで腰が震えてしまう。期待をあらわすように肉洞が収縮し、歓迎の蜜液が湧き出していく。

「はぁ、お、お姉ちゃんのあそこに、もうすぐ、ぼ、僕のが……」

挿入の瞬間を逃すまいと、修也の視線が股間に注目している。

「そうよ、もうすぐよ」

真帆の声も緊張で上ずり気味であった。それでも、起こしあげたペニスに向かって秘唇を近づけていく。ンチュッという蜜音とともに、濡れたスリットと亀頭が接触した。その瞬間、二人の身体が同時に震えた。

「あっ、お姉ちゃん……ゴクッ……」

生唾を飲み、期待に満ちた目を向けてきた修也に頷き返し、真帆は小さく腰を前後させつつ、膣口へと導いていく。チュッ、チュッと音を立てながら、張りつめた亀頭が淫裂をなぞってくる。そのたびに真帆の背筋にはさざ波が駆けあがった。

「うはッ、お、おねえ、ちゃん……」

「我慢よ、本当にもう少しだから」

（あんッ、私、本当に弟のを迎え入れようとしてるんだわ。でも、いまさら止められない。早く焦れている膣中を満たしてやらないと、本当におかしくなっちゃう）

近親相姦のタブーよりも、いまは極限まで高まった淫欲を満たすことが先決だ。そんな思いに引きずられるように、真帆は修也に励ましの言葉かけつつ、背徳のペニスを誘導していった。直後、ンヂュッと亀頭先端が肉洞の入口に頭を埋めた。

「あっ！　お、お姉ちゃん！」

「うふっ、そうよ、ここよ。いい、挿れるわよ」

両目を見開いた修也に一声かけてから、真帆は腰を落としこんだ。ニュヂュッとくぐもった音を立て、いきり立つペニスが肉洞を左右に圧《お》し開きながら侵入してくる。

「ンはっ！　あぅ、あっ、あぁぁぁぁぁ……」

「あぁン、硬い。それに修也の、おっ、大きい……」

声にならないうめきをあげる修也に、真帆は弟の強張りの想像以上の逞しさに目を見開いていた。パンパンに漲る亀頭が柔襞を抉《えぐ》りこむように膣奥に入りこんでくる。

脳天には鋭い愉悦が突き抜け、一瞬にして視界が白く霞んできてしまう。

（す、すごい！　私のあそこ、いっぱいいっぱいに広げられちゃってる。それに、生だからオチ×チンの熱さがダイレクトに……。あぁん、ダメ、迎え入れただけなのに、私、軽くイッちゃってる……。こんなの初めてだわ）

真帆の腰には小刻みな痙攣が襲いかかっていた。挿入だけで早くも軽い絶頂感を覚えながらも、久しぶりの快感を喜ぶように膣襞が逞しい肉槍に絡みついていく。

「くッ、おっ、あッ、しゅ、すご、イ……。お姉ちゃんのあそこに僕のが本当に……。くっほう、ああ、ウネウネで一気に絞りあげられているみたいで、すぐにでも……」

初めての淫壺は驚くほどの快感を修也にもたらしていた。強烈な締まりの肉洞内で複雑に入り組んだ膣襞が四方八方から強張りに絡みつき、膣奥へといざなってくる。

「いいわよ、我慢しないで。望みどおり、お姉ちゃんの膣奥に出していいのよ」

悩ましく上気した顔で艶っぽく見下ろしてくる姉が、小さく腰を揺らしてきた。たったそれだけで、ヂュッ、グチュッと粘つく淫音が漏れ、ペニスが柔襞による饗応《きょうおう》を受ける。痺れるような快感が背筋を駆けあがり、強張りが胴震いを起こした。

「ンッ、あぁ……まだ、まだヤダよ。もっとお姉ちゃんの膣中にいたいよ」

修也は首を左右に振ると奥歯をグッと嚙み、両手を真帆の双乳へと這わせた。姉が小さく腰を揺するだけで、ぷるんっと弾むように揺れている円錐形の美巨乳。義母の乳房ほどではないが、やはり手のひらからこぼれ落ちる膨らみを、円を描くように揉みこんでいく。指を押し返してくるゴム鞠のような弾力に恍惚感が増していった。

「あぁ、お姉ちゃんのオッパイ、すっごく揉み心地がいいよ」

「あんッ、修也ったら、また、そんな悪戯を……。そんな悪い子には、お仕置きよ」

淫靡に潤んだ瞳で見下ろしてくる真帆が、腰の動きを本格化させてきた。腰を前後左右にクイックイッとくねらせながら、上下の振幅も大きくしてくる。強い膣圧による圧迫を受けるペニスが、入り組んだ膣襞で惜しげもなくしごきあげられていく。

「ンはッ、あぁ、ダメ、お姉ちゃん、そんな、くっ、エッチに腰動かされたら、あぁ、キツキツなのに、さらに……僕のが潰されちゃうよ、あぁ、お姉ちゃん……」

気を抜けばその瞬間に達してしまいそうな、全身を貫くいままで経験したことのないほど激しい快感と、迫りあがってくる射精感に必死に耐えていた。

「うぅン、すごいわ、お姉ちゃんの膣中の修也が、また一段と……あぁん、もうすぐなのね。いいのよ、ほら、我慢しないで。お姉ちゃんの子宮に修也のミルク、ゴックンさせてくれて、いいんだよ」

上気した顔で艶っぽく見つめてくる真帆の腰の動きが速まった。グチュッ、ズチュッと相姦音が大きくなり、柔襞の翻弄を受けるペニスが小刻みは痙攣を起こす。

「あぁん、ほんとにすっごい、修也のピクピクしてる。出ちゃいそうなんでしょう？　初めてなんだから、あんッ、我慢しないの」

「まだ、僕、まだ出さないよ。もっと長くお姉ちゃんと繋がってたいんだ。それに、お姉ちゃんにも、くっ、気持ちよくなって、ほしいのに……」

いままで一度も見たことのない、艶めいたオンナの顔を晒す姉のあまりの色気に圧倒されるものを覚えながら、修也は迫りくる射精感に抗《あらが》いつづけていた。

「もう、修也ったら、お姉ちゃんも充分感じてるわよ。修也の本当に大きいから、お姉ちゃんの膣中、パンパンよ。はンッ、こんなすごいのが往復してるんだもん。感じないわけ、ないじゃない」

「あぁ、お姉ちゃん！」

微笑みかけてくる姉の言葉に、修也の背筋がぶるっと震え、肉洞内のペニスにさらなる血液が充填されていった。

「あんっ、嘘でしょう。まだ、大きくなるなんて……」

「だって、お姉ちゃんが嬉しいこと、言ってくれるから、僕……」

真帆の柳眉が悩ましく歪むのを見た修也は、本能的に腰を突きあげはじめた。

ズチョッ、グチョッという粘つく摩擦音がさらに大きくなると同時に、強張りを襲う快感も倍増していく。

「はン、修也、ダメ、ダメよ、全部、お姉ちゃんがしてあげるから、あなたは……あぁん、ダメ、そんな下から突きあげられたら、お姉ちゃん……」

童貞の弟からの攻めがあるとは予想していなかったのか、姉の背中が一瞬、大きくのけぞった。直後、反撃とばかりに肉洞がさらにギュッと締まりを強め、細かな膣襞がペニスを翻弄してくる。

「くほぅ、はぁ、絞られる……お姉ちゃんのキツキツなオマ×コのヒダで僕……」

「あんッ、修也、そんなエッチな言葉、使っては、うンッ、いけないのよ」

「あぁ、お姉ちゃん、好きだ！　大好きだよ」

美しい姉が悩ましく腰を振るさまを陶然と見つめながら、修也も必死に腰を繰り出しつづけた。そのたびに鋭い快感が全身を駆け巡り、眼窩に感じる悦楽の瞬きが激しくなっていく。ペニスはもういつ爆発してもおかしくないレベルにまで達し、解放の瞬間をいまや遅しと待ち侘びる欲望のマグマが迫りあがってくる。

「あんッ、修也、ほんとにそんな激しく突きあげないで、あぁん、お姉ちゃん、エッチ久しぶりなの、だから、そんな激しくされたら、お姉ちゃんも……」

「イッてよ！　僕といっしょに」

（まだ、まだもう少しだけ……。最後はお姉ちゃんといっしょに……。でも、このままじゃ……）

射精の圧力が限界まで高まってきている。このまま腰を突きあげつづければ、先に絶頂に達してしまうのは確実だ。かといって、腰の動きを弱めればそれだけ真帆を絶頂に圧しやることができなくなってしまう。

なにか変化を加えなければ、そう考えた修也は豊乳を揉みあげていた両手を離し、姉の二の腕を摑むと、腰の動きもいったん止め、上体を起こしあげた。

「キャッ！　しゅっ、修也？」

突然、対面座位へと移った弟に驚き声をあげた真帆が、ギュッと抱きついてきた。その瞬間、肉洞全体もキュッと締まりを強め、ペニスへの圧迫が強まった。

「くっ、はぁ、す、すっごい、お姉ちゃんのあそこがまた一段と……」

鋭い喜悦に目を見張りながらもなんとか射精感をやりすごした修也は、左手を真帆の腰にまわすと、右手は再び豊かな膨らみへと這わせていった。

「あぁん、修也、いきなりどうしたのよ。ビックリするじゃない」

「ごめん、でも、僕、お姉ちゃんのオッパイ、吸いたくなっちゃって」

修也は右乳房の頂上に鎮座する綺麗なピンク色をした乳首に唇を寄せ、パクンッと咥えこんだ。球状に硬化していた乳頭をチュパッ、チュパッと吸い立てていく。蕩けるほどに甘い乳臭が鼻腔粘膜をくすぐり、それだけで顔がにやけてしまう。

「あんッ、修也ったら、赤ちゃんじゃないんだから、はン、でも、いいわ。お姉ちゃんのオッパイでよければ、いくらでもチュウチュウしなさい。こっちはちゃんと、してあげるから、安心なさい」

鼻にかかった甘いうめきを漏らした美姉の腰が、小刻みに上下に動きはじめた。ギュチュッ、グチュッと粘つく卑猥な相姦の調べをともなって、キツい肉洞で再びペニスがしごきあげられていく。

「ンぷっ、はぁ、お姉ちゃん、くッ、すっごい……。ほんとに出ちゃうよ。いいんだよね、このまま、お姉ちゃんのあそこに、ンくっ、出しちゃうからね」

「いいわよ、出しなさい。お姉ちゃんが全部、受け入れてあげるから、遠慮しないで、溜まってるもの、全部……」

右手で美乳を堪能しつつ、いったん乳首から口を離した修也に、真帆は艶めかしくも慈愛に満ちた声で囁きかけると、腰の動きをいっそう速めてきた。禁断の摩擦音がその間隔を一気に短くし、弟の精を搾り取ろうと入り組んだ膣襞がその蠢きをさらに活発にしてくる。

「ンおぅ、おッ、おねえ、ちゃン……」

意識が昇天させられそうな感覚を味わいつつ、修也は再び右乳首を咥えこむと、コリッとしたポッチに軽く歯を立てつつ、尖らせた舌先で嬲りまわした。牡の本能が腰を動かし、下から美姉は突きあげていく。

「あんッ、修也、ダメ、乳首、悪戯しながら、うンッ、下からもズンズンされたら、お、お姉ちゃんも、ほんとに、あぁ……」

細腰を悩ましく揺り動かす真帆の右手が、背中から頭へと移り、悦びを伝えるように髪の毛を掻きむしってくる。肉洞がキュンキュンッとわななき、強張りに対する絞りあげがさらに強化されてきた。

(ヤバイ！　ほんとにもう限界だ。でも、もう少し我慢できれば、本当にお姉ちゃんといっしょに……)

その気持ちだけで射精感に抗い、腰をメチャクチャに突きあげていく。すると、亀頭先端がコツンッとなにかに当たった。

「はぅン、修也、ほんとにダメ、そんな膣奥、突かれたら、わ、私……」

高速で腰を動かす真帆が天井を仰ぎ見た。

(こ、これって、もしかして、お姉ちゃんの子宮……)

そう思い至った直後、修也の意識が飛んだ。

「ンかッ、で、出るッ！　もう、あぁ、出ちゃぅぅぅぅッ！」

腰にそれまで感じたことのない激しい痙攣が襲い、一瞬にして目の前が真っ白となる。本能的に、両手を姉の背中にまわししがみついた。時を同じくして、張りつめていた亀頭が弾け、押しこめられていた白濁液が一気に噴きあがっていく。

「ンはっ！　はぅ、き、来てる！　修也の、弟の熱い精液が子宮に……。ダメ、イッちゃう！　私も、修也の精液でイッくぅぅ～～～ンッ！」

一瞬、ペニスが押し潰されるかと思うほどに強い膣圧がかかり、直後、ふっと弛緩した。その瞬間、真帆の全身にも絶頂痙攣が襲ったのがわかる。

「あぁ、すごい。こんなに気持ちいい射精、初めて」

「あぁん、熱いわ。お腹の中が、修也のミルクで、ポカポカさせられちゃってる。うンッ、まだ、出るの？」

「だって、お姉ちゃんのエッチなヒダヒダが、僕のをまだ、しごいてくるから……」

修也は愉悦に蕩けた顔で姉を見つめると、真帆も上気した顔で見つめ返してきた。

「好きだよ、お姉ちゃん。本当に、大好き」

「私もよ、修也。あなたは私にとって、世界一特別な存在よ」

絶頂直後の、匂い立つ色気のなかにも優しく甘い微笑みを返してくれた姉に、またしても背筋が震えてしまった。

「僕にとってもそうだよ。お姉ちゃんは世界一、特別だよ」

修也は本能の赴くままに、真帆のふっくらとした唇に自身のそれを近づけていく。すると、美姉が目を閉じてくれた。(あぁ、お姉ちゃん)心のなかで呟きながら、修也は最愛の姉とファーストキスを交わした。柔らかく甘い粘膜の感触に、さらなる恍惚感で満たされていく。

(このまま一生、ずっと大好きなお姉ちゃんといっしょにいられたらいいのに)

キスをしながら、真帆を押し倒していった。いまだ勃起状態のペニスを禁断の肉洞に突き入れたまま、正常位へと移行していく。

「あんッ、修也」

「お姉ちゃん、このままもう一度、いい?」

口づけを解いた真帆の淫靡に潤んだ瞳を見返し、修也は小さく腰を揺すった。ズチョッ、グチョッ、膣内に充満する白濁液と淫蜜がたちまち卑猥な性交音を奏でる。

「もう、仕方ないわね。ふふっ、いいわよ、今夜は好きなだけ、お姉ちゃんの身体、楽しみなさい」

「あぁ、お姉ちゃん……」

艶然と微笑む姉に性感を煽られながら、修也はこの日三度目の射精に向かって腰を繰り出していくのであった。

第三章　姉をつけ狙う処女ＯＬ

1

「なにかしら、これ？」

七月最初の日曜日。時刻は午後三時すぎであった。買い物から戻った裕美子は、郵便受けに入っていた白封筒を見て怪訝《けげん》な声を出した。封筒に切手は貼られておらず、住所の記載すらない。ただ「真帆さんのお母さまへ」と印字されているだけである。訝《いぶか》しく思いながらもスマートキーで玄関ドアを解錠して家の中へ入ると、封筒をほかのＤＭやチラシといっしょにダイニングテーブルに置いた。そして、まずは買ってきた食材を冷蔵庫にしまい、お茶を淹れてから改めてダイニングの椅子につく。

白封筒を手に取り、指の感触で中身を探ってみる。L版写真くらいの大きさのなにかが入っているのはわかるが、不審なものという以外はわかりようがない。

（いちおう、私宛だけど、開けるべきかしら？　それとも無視してゴミ箱へ……）

なんの変哲もないゴシック体で印字された、「真帆さんのお母さまへ」の文字をじっと見つめた。

（もし真帆さんの重大事に関わることだったら、捨てちゃうのはまずいわね。あの人が戻ってから開ける？　でも「ご両親さま」ではなく「お母さま」ってことは、明らかに私に向けたものよね。だとすれば、あの人に知られるのもよくないのかも……）

いろいろな思いが脳内を駆け巡る。

幸か不幸かこの時間、家には裕美子一人であった。夫は仕事絡みのゴルフで朝から家を空け、プレイ後に懇親会もあるため帰宅は午後九時頃になると聞いている。そして、息子の修也は予備校の模擬試験に行っており、あと一時間は帰ってこない。

（なんらかの対処が必要だった場合、修ちゃんが戻ってくる前にカタをつけておいたほうが、よけいな心配をさせずにすむかもしれないわね）

大きく息をつき、裕美子は開封する覚悟を決めた。ハサミを使って封筒の上部をカットしていく。開いた封筒を逆さにして、中に入っているものをテーブルに出した。

「えっ？　写真だけ？」

出てきたものを見て、拍子抜けした声が漏れる。

封筒の中に入っていたのは、複数枚の写真だけであった。物陰から隠し撮りしたものなのだろう。一番上の写真には、どこかのカフェで向かい合う二人の人物が写っていた。一人は真帆、そしてもう一人は修也である。

（先週の土曜日、確か二人で出かけていたはずだけど、そのときの写真かしら？）

島崎家の遠縁の法事に夫と泊まりがけで出かけたのが二週間前。その際、留守番の修也は姉のマンションに泊まりに行っており、そのときに翌週の土曜に真帆の買い物に付き合う約束をしたらしいのだ。写真はその一コマを切り取ったものと思われる。

（でも、なんでこんな写真をわざわざ……。いったい誰が、なんの目的で？）

犯人もその目的も皆目見当がつかない。切手も貼らず直接郵便受けに入れていることから、少なくとも真帆の実家を知っている人物であることは確実だ。だが、プリントアウトや、直接ここに足を運ぶ手間をかける意味がわからなかった。

（それに、なんで私宛だったのかしら？）

疑問は増えるばかりだ。それでも裕美子は次の写真へと意識を移した。街を歩く姉弟を後ろから捉えたもの。二人の歩く先、左手前方に写る商業施設から、場所は表参道であるとわかる。

（本当に修ちゃんと真帆さんは仲がいいわね）

身を寄せ合うようにして歩く姿は、端から見れば恋人同士に見えなくもない。

（こんな写真がなんだっていうのよ）

そう思いつつ次の写真をめくった瞬間、裕美子の全身が凍りついた。

「なっ!? これっていったい……えっ？ 嘘、でしょう……」

思わず驚愕《おぼ》の声が漏れ、写真を手にする左手が小刻みに震えだしていた。それはラブホテルと思しき建物に二人が入っていく場面を切り取っていた。慌てて次の写真を見ると、姉弟がホテルから出てくる場面が捉えられている。優しい微笑みを浮かべる真帆と、いまだ快感の余韻を引きずった顔の修也。二人の間になにがあったかを容易に察することができた。

（まさか修ちゃんが私に嘘をついていたなんて……。いえ、いまはそこを気にしている場合ではないわ。実の姉弟で本当にそんな関係になっていたことが問題なのよ。でも、いったいいつから？ あっ！ 修ちゃんが真帆さんのところに泊まった日ね）

修也が真帆とおかしな関係になることを防ぐため、いまでも毎日、息子のペニスを握り、口に咥えて欲望を鎮めている裕美子からすれば受け入れがたい事実であった。

そのため、しばし呆然と問題の写真を見つめていた。

(もし私が修ちゃんに最後までさせてあげていれば、これは防げたのかしら?)

その思いが脳裏をよぎった瞬間、息子の逞しいペニスの手触りと、口腔内に放たれる白濁液の味がよみがえり、ぶるっと腰が震えてしまった。いつも修也の欲望を満たしたあとは疼く肉体に悩まされていたのだ。それだけに、もしさらに関係を推し進めていれば裕美子の欲望も満たされ、真帆とおかしなことにならなかったのではないか、自然とそんな考えが浮かんできてしまう。

(いえ、仮に私と最後までしていても、大好きな真帆さんの誘惑には勝てなかったでしょうね。とにかく、これは修ちゃんが帰ってきたら、はっきりさせないと。あっ!ということは、この写真を撮った人物は姉弟の関係を知って、それで私に……)

親切にも教えてくれた、などということはないだろう。そもそもそんなことをしても、なんのメリットもないのだ。

(だとすれば、この写真を郵便受けに入れた人物の目的は……)

金銭目的の脅迫。その手段として写真を届けてきたとしか思えなかった。わざわざ母親宛にしたのも、男親よりも脅迫に屈しやすいと思われたからと考えられる。

(脅迫だったとしても、これは警察には届けられないわね)

血の繋がった姉弟の近親相姦を大っぴらにすることはできない。同じ理由で夫にも相談しづらいものがある。義母である裕美子が一人で対処せざるをえない事案だ。

（でも、脅迫だったとして、封筒には写真以外、なにも入ってなかったのよね。今後新たになにかを送りつけてくるつもりなのかしら？）

封筒が空であることを再確認した裕美子は、今後の展開についての可能性をいろいろと考えはじめた。

2

午後四時すぎ、模試から戻った修也はリビングに足を踏み入れ、ビクッとしてしまった。まったくの無音であったため、誰もいないのかと思っていたのだが、義母がダイニングの椅子に座り、頭を抱えていたのだ。

「お義母さん？　どうしたの？」

「えっ？　あぁ、修ちゃん、お帰りなさい」

声をかけると裕美子が弾かれたように顔をあげ、こちらに視線を向けてきた。

「ただいま。なにか、あったの？」

「これ」

疲れたような顔の義母が心配になりさらに問いかけると、白い封筒を差し出してきた。表に「真帆さんのお母さまへ」とだけ印字された封筒。怪しさ満点の代物に一瞬、眉をひそめながら、封筒の中身を確認する。

「なっ！　なに、これ？　お、おかあ、さん？」

姉の買い物に付き合ったご褒美として連れていってもらったラブホテル。そこに出入りする様子を切り取った写真に、修也は愕然とした。

「買い物から帰ったら郵便受けにそれが……。それより、どういうことなの修ちゃん。あなた、真帆さんと、お姉ちゃんと本当に、こんなところに出入りを……」

力ない義母に悲しそうな目で見つめられると、胸の奥に罪悪感が渦巻いた。

最愛の姉と肉体関係を持てたことは素直に嬉しいが、それはとりもなおさず、手淫や口唇愛撫で欲望を鎮めてくれている裕美子への裏切りにほかならないのだ。

「ご、ごめん、お義母さん」

素直に頭をさげ、真帆と肉体関係を持つに至った経緯を説明した。

「そう、修ちゃんとお義母さんのアレ、見られちゃってたのね」

「うん。それでお義母さん、これを送ってきた人からの要求は？」

「それがなにもないのよ。封筒には写真だけで、要求らしきものはなにも……」

「なにもなし？　いったいなんなんだ……。ハッ！　まさか、狙いはお姉ちゃん!?」

裕美子の言葉に首を傾《かし》げた修也は、次の瞬間おそろしい可能性を思いつき、慄然としてしまった。実弟との肉体関係をネタに脅迫された美姉が、汚らわしい男に凌辱される場面が脳裏をよぎる。

「えっ？　真帆さん？　まっ、まさか……」

修也の言葉に裕美子も同じような場面を想像したのか、恐怖に顔を引き攣らせつつ椅子から立ちあがっていた。

「と、とにかくお姉ちゃんに連絡してみるよ」

模試に持っていっていたショルダーバッグからスマホを取り出し、真帆のスマホに電話をかける。すると、意外にもすぐに応答があった。

「あっ、お、お姉ちゃん！　あの、いま、どこにいる？」

「なによ、慌てた声を出して。家よ。今日は一日、部屋にいたわよ」

「そうか、ならよかった。あの、僕、いまからすぐそっちに行くから、戸締まりを厳重にして、絶対に部屋から出ないで。誰かが尋ねてきても、僕が行くまで絶対に応対しないで、居留守を使って」

「ちょ、ちょっと、修也、急になにを……。いったいなにがあったの？」

電話口の修也のただならぬ気配を感じ取ったのか、姉の声に真剣みが増していた。

「時間が惜しいから、そっちに行ったら全部説明する。じゃあ、あとで」

「真帆さんは大丈夫そうね」

電話を切った修也に、少し安堵の表情を浮かべた裕美子が話しかけてきた。

「うん、とりあえずよかったよ。あっ、そうだ。防犯カメラ、チェックした？」

「いいえ、すっかり忘れていたわ。そうよね、なにか映ってるかもしれないわね」

玄関には防犯カメラが取りつけられており、その映像は一定期間ハードディスクに保存されたのち自動消去される仕組みとなっていた。その映像を確認するためリビングの端に置かれた家族共有のパソコンを起ちあげ、ハード内の映像をチェックする。

裕美子が家を出た正午前から早送りで再生していくと、午後一時すぎにかけてＤＭを入れていく運送会社の配達員やチラシ配りの人物が映っていたが、ほかに怪しい人物は映っていない。だが午後二時半前、周囲を気にした様子の若い女性が映りこみ、郵便受けになにかを入れすぐに立ち去っていった。

慌てて巻き戻し、今度は通常再生に切り替える。女性を最もよく捉えた場面で一時停止。二十歳前後と思われる女性は、デニムパンツにブランドロゴの入った白いパーカーを着ていた。それなりに高性能なカメラのため、斜め上方から捉えた顔もよくわかる。髪型はショートボブ。顔の輪郭は真帆と同じ卵形だが、姉のような美人タイプではなく、どこか幼さを残した可愛らしさが感じられた。

「知らない女性ね。修ちゃんは？」

「僕も見かけたことないと思う。いったい誰なんだ、この人」

「犯人ではなく、たまたま頼まれた可能性もあるわね」

「確かに、なにも事情を知らないバイトの可能性はあるね。いちおうこの画像、僕のスマホに送っておいて、あとでお姉ちゃんにも確認するよ」

問題の女性の静止画をスマホに転送した修也は、真帆の家に向かうことにした。

「気をつけてね」

「お義母さんも戸締まりを厳重にして、知らない人が来ても絶対に開けないでよ」

義母と頷き合い、修也は周囲を警戒しつつ家を出た。最寄り駅まで徒歩で七分。駅前の大通りで信号待ちをしていると、背中に強い視線を感じゾクッとした。

（なんだ、このイヤな感じは？　単純に気が張ってるだけかな？）

振り返りたい衝動を抑え、青になった信号を足早に渡る。ＩＣ機能のついた定期券を使って改札を通り抜け、そのままホームへとあがった。階段から少し離れた位置に立ち、階段方面に気を配る。すると、驚いたことに防犯カメラに映っていた女性がやってきたのだ。チラッとこちらに視線を向け、二つ隣のドアの待機列に並ぶ。
（まさか狙いはお姉ちゃんじゃなくて僕？　家を見張られていた？　でも、心当たりないんだけど……。とりあえず、お義母さんに連絡しておいたほうがいいな）
修也はショルダーバッグからスマホを取り出し、ゲームをするふりをするためイヤホンを装着すると、ホームにすべりこんできた電車に乗りこんだ。ドア横の手すりにもたれるように立ち、メッセージアプリを起動させる。
《防犯カメラの女性、いま同じ電車に乗ってる。いちおうお義母さんも気をつけてね》
《修ちゃんこそ、気をつけて。危険を感じたらすぐに逃げるのよ》
《わかってる。また動きがあったら連絡するね》
（そうか、このままお姉ちゃんにも）
裕美子との短いやり取りを終えた修也は、今度は真帆にメッセージを送った。
《お姉ちゃん、この女性に見覚えある？》
スマホに転送していた静止画を添えて送信。すると、すぐさま姉から返信が届いたのだが、その内容は予想外なものであった。

《？　大学の二学年下の後輩の保田友美《やすだともみ》だと思うけど？　彼女、部署は違うけど、会社もいっしょよ》

（なっ！　大学と会社の後輩って、それじゃあ、狙いはやっぱりお姉ちゃん！）

さりげなく不審な女性、保田友美のほうに視線を向ける。すると、友美もこちらを気にしていたのか、慌てて視線をそらせたのがわかった。その間に真帆からさらなるメッセージが届く。

《ねえ、友美がどうかしたの？　なんで修也が友美の写真を持ってるの？》

《ちょっとワケありなんだ。友美さんには連絡せずに、まずはお義母さんに電話して事情を聞いて。とりあえず僕はお姉ちゃんの家に向かってるから》

姉にメッセージを送った直後、電車が大きなターミナル駅に到着した。真帆のマンションへ行くには、ここで私鉄に乗り換える必要がある。イヤホンを外した修也は、いったんスマホを鞄にしまい、乗り換え口へと向かう。

私鉄はここが始発駅なため、ホームにはすでに電車が停まっていた。乗りこみ、空いていた席に座ると、再びスマホを取り出してイヤホンを耳に嵌める。すると、友美も同じ車両に乗りこんできたのが見えた。

友美がドア付近の椅子に座った直後、発車ベルが鳴り、ドアが閉まった。

（この人の目的はいったいなんなんだ？　なんであんな写真をウチに届けたんだろう、それもお義母さん宛に）
動き出した電車の中、疑問は尽きないが、とりあえず真帆のマンションに向かうしかない。ゲームをするふりをしようとした直後、姉から新たなメッセージが届いた。
《事情は理解したわ。お義母さんに泣かれちゃった。ごめんね、修也にも迷惑をかけることになっちゃって。友美は大学時代から、私のことが「好きだ」とか「憧れだ」って言っていたのよ》
（なるほど、憧れの先輩が弟と肉体関係を持っていることを知っての嫌がらせか）
真帆からのメッセージを読み、少し納得できた気がする。
《そこで、修也に頼みがあるんだけど》
その後につづいた内容に、修也は思わず苦笑を浮かべてしまった。
（お姉ちゃんもずいぶん大胆なこと、考えるな）
《指示は了解。それと、お義母さんを裏切ったのは僕だから、お姉ちゃんはなにも悪くないよ。じゃあ、あとで。あと五分くらいで駅に着くよ》
《修也はほんと優しい子ね。そんなところも大好きよ。それと、私ももう家を出ているから問題ないわ。それじゃ、あとでね》

真帆からの返信に頬が緩みそうになるのを懸命にこらえていると、次が降車駅であるアナウンスが流れてきた。それを聞いた修也は再びイヤホンを外すと、スマホもショルダーバッグにしまい、おりる支度を調えた。

定期券で自動精算をして改札を抜ける。五分ほどの距離にある真帆の住むマンションへと進路を取った。その際、大通りを避け一本それた細い生活道路を使った。角を曲がる際チラッと後ろを見ると、二十メートルほど後方を何気なく歩く友美の姿があった。それを確認した修也は、角を曲がってすぐ小走りとなり、途中の建物の影に隠れた。直後「えっ？」という声が聞こえ、女性が小走りに目の前を通過していく。

「保田、友美さん」

物陰から出た修也が前方の女性に声をかけると、一瞬ビクッと身体を震わせ急停止した友美が慌てて振り返ってきた。修也の姿を認めたとたん、両目が見開かれる。

（あまり気にしてなかったけど、この人、小柄なんだな。お姉ちゃんより十センチくらい背が低いんじゃ……。それに、写真以上に童顔な感じだ）

初めて友美を正面からまともに見た修也は、相手が思っていた以上に幼い雰囲気であることに驚いた。

「あなた」

友美の声は鋭く尖り、見開いていた両目は瞬時に敵意に充ち満ちた。視線の強さにたじろぎそうになった直後、正面の女性の顔に今度こそ驚愕が浮かんだ。敵意から一転、動揺した眼差しが修也の後方に注がれている。友美への警戒を怠らず、チラッと後ろを振り返ると、ピンストライプの細身のワンピースを着た真帆が、悠然と歩み寄ってくるのが見えた。

「お姉ちゃん」

その瞬間、修也はホッと胸を撫でおろした。

「ご苦労さま、修也。——さて、友美、ちゃんと話、聞かせてもらうわよ」

修也に優しい微笑みを送ってきた姉は、視線を前方の友美に向けると、有無を言わさぬ口調で話しかけた。

「は、はい」

「友美のマンションに行きましょう。すぐそこなんだから」

観念したのか、うなだれ力なく頷いた友美に頷き返すと、真帆は数軒先に建つ建物を指さした。

「えっ！」

驚いた修也がまじまじと姉を見つめ返すと、悪戯っぽい微笑みが返された。

（最初からこうするつもりで、僕にこのルートを通れって指示してきたのか）

完全に脱力するものを感じながら、修也も友美の部屋へといっしょに向かった。

3

大学と会社、両方の後輩である友美の部屋は、少し広めのワンルームであった。壁際に置かれたシングルベッドのカバーやカーテンなど、全体的にピンクを基調とした女の子らしい部屋だ。キッチンのそばに置かれた丸テーブルに真帆は友美と向かい合うようにして座った。椅子が二脚しかないため、弟は真帆の斜め後ろに立っている。

「いろいろと説明してもらいたいんだけど、どういうつもりであんな写真を実家に」

お茶の用意をしようとする後輩を制した真帆は、単刀直入に問いかけた。先日弟と出入りしたラブホテルの写真を撮られ、それを実家の郵便受けに入れるような行為に走った真意がまったく理解できない。

「そ、それは……」

消え入りそうな声で友美が語ったところによれば、偶然、男性と街を歩く真帆を発見し、好奇心からあとをつけた。写真は後日、真帆を驚かせようと思い撮影していたらしい。すると二人がラブホテルへと入ってしまった。その時点で引き返すことも脳裏をよぎったらしいのだが、友美の嫉妬心はそうとう燃えあがっており、男性の正体を突き止めたい衝動に駆られたのだという。そこで二人がホテルから出てくるまで待ち、真帆と別れた男性のあとをつけた。すると、あろうことか戻った家の表札には「島崎」とあり、そこが真帆の実家で男性が弟の修也だと気づいたのだという。

(修也とホテルに入ったのは私が軽率だったわね。でもまさか、その写真を実家に届けるなんて……。友美の私への想いを軽く見ていたかしら)

出会いは大学三年生の春。電車内で痴漢に遭っていた上京したての新入生を救ったことであった。その新入生が友美であり、以降なにかと懐かれたのである。真帆に対し「憧れている」「好きだ」ということも口にしていたが、ここまで強い感情だとは思っていなかったのだ。

「それで？　写真を私ではなく実家に、それも母親宛で届けた理由は？」

半ば呆れた思いを抱きつつ問いかけていく。

「真帆先輩が弟さんを可愛がっているのは、大学時代から聞いていたので知っていました。当時から先輩を好きだった私には、弟さんがすっごく羨ましかったです。当時、先輩には付き合っている男性がいることも知ってましたけど、それは悔しいけど、仕方がないことだよな、と。でも、別れたって聞いたときは、正直、小躍りするほど嬉しかったんです。その先輩の優しさにつけこんで、近親相姦なんていうおぞましいものに引きずりこんだ弟さんを罰してやりたかった、というのが一番大きいです」

父親ではなく母親宛にしたのは、父親だとどんな大きな反応になるかわからない恐怖があったが、母親、それも義母であればそこまで過剰な反応は示さないと思ったらしい。チラッと後ろに立つ修也に視線を向けると、弟は呆気にとられた顔で友美を見つめていた。姉の視線に気づいたのか、こちらに顔を向け、信じられないといった様子で首を振ってみせた。

（まあ、修也のこの反応が普通よね。そもそも論理が飛躍しすぎだし、お義母さんが修也とあんな関係になっていなければ、普通に激怒案件だわ。私は勘当、修也もどこか地方の全寮制の学校に出されたんじゃないかしら）

「そのおぞましいことを、先に仕掛けたのは弟じゃなく、私だったんだけどなぁ」

「そんな！　どうしてですか、先輩、なぜそんなことを」

「就職して家を出て、修也と離れて暮らすようになったら、たまに会う弟がいっそう可愛くて仕方なくなったのよね。そんな弟の初めてを、ほかの女に渡したくなかったのよ。修也も私のことを意識してくれてるのがわかってたから、自然とね」

義母と弟の関係に触れることなく、真帆はそんな言葉で姉弟相姦の経緯を語った。

すると、今度は友美が信じられないといった表情を浮かべ、一瞬、修也に鋭い視線を飛ばした。後方で弟がビクッとした気配が伝わってくる。

「はぁ、それで、あなたはいったいどうしたいの？」

「それは……。先輩と恋人としてお付き合いしたいですし、その、エ、エッチなことも、して、みたいです」

「気持ちは嬉しいんだけど、ね……」

頬を染め、恥じらいながらも大胆な告白をしてくる後輩に、頭を抱えたくなる。

「もちろん、変なことを言ってる自覚はあります。先輩にそっちの気《け》がないことも知ってます。でも、それでも、少しだけでも、考えてもらえたら……」

あまりにもまっすぐな友美の視線に、真帆は気圧《けお》されそうになった。いまここで拒絶の言葉を口にすれば、そのまま自殺するのではないかという危惧さえ持つほどだ。

「はぁ、わかった。少し真剣に考えてみる。それでいい？」

「はい、ありがとうございます。あの、それで、厚かましいことを言うようであれなんですが……私への返事をくれるまで、弟さんとはエッチしないでもらえませんか」

「えっ？」

友美の言葉に先に反応したのは後ろに立つ修也であった。まさか、自分にも影響があるとは考えていなかったようだ。

「まあ、いいわ。友美を待たせる以上、その条件、飲むわ。ごめんね、修也。しばらくはお預けね」

「う、うん」

不承不承《ふしょうぶしょう》といった体《てい》で、修也が頷いてくる。

「そんな顔しないの。それにお義母さんに私たちのこと知られちゃってるんだから、そもそも今後二人で会うのを許してくれるかどうかさえ、怪しいわよ」

「まあ、そうなんだけど……」

義母に知られていることを改めて思い出したのか、弟の顔に苦悶が浮かんだ。

「じゃあ、そういうことで。それまではいままでどおりに、いいわね、友美」

「は、はい！　ありがとうございます！」

修也とは対照的に顔を綻《ほころ》ばせた後輩に頷き返し、真帆は弟をともなって友美のマンションを辞去したのであった。

4

（あの人、お姉ちゃんにガチな人だったな……。これから、どうなるんだろう？）

午後十一時前、修也は自室のベッドで横になっていた。

友美のマンションを出たあと姉を家まで送ったのだが、そのとき大学時代の友美とのエピソードを聞かされたのだ。直前に聞いた友美の言葉と相まって、真帆に対する想いの強さを印象づけられていた。その後、自宅へと戻ってからは、義母に事のあらましを説明したのだが、あまりのことに裕美子も言葉を失っていたほどだ。

（ほんの数時間の出来事なのに、何日も携わっていたような疲れがあるよな。僕でこうなんだから、お姉ちゃんはさぞかし……）

疲れているのに眠れそうにないため、いろいろな思いが無意識に浮かんできてしまう。そんなとき、コンコンと部屋のドアが控えめにノックされた。

「はい」

「修ちゃん、お義母さんだけど、いま、いい？」

「うん、いいよ」

修也が上体を起こしたのと、裕美子がドアを開けたのはほぼ同時であった。

「あっ、ごめんね、寝てた」

部屋が消灯していたことに、義母が申し訳なさそうな声を出した。

「ううん、大丈夫だよ」

ベッドから抜け出し部屋の明かりを点けると、裕美子を招じ入れる。「ごめんなさいね」ともう一度声をかけてきた義母と、ベッドの縁《へり》に並んで腰をおろした。

「今日は大変だったわね」

「うん、まったく。あの、ごめんね、お義母さん。僕、お義母さんのこと裏切っちゃって。でも、お姉ちゃんは悪くないんだ、僕が我慢できずに迫って……」

「うふっ、真帆さんも、「誘惑したのは私」「修也は悪くない」って言ってたわよ。まあ、すんでしまったことをいまさら言っても仕方がないわ。それに、お義母さんにも反省点はあったかなって思ってるの」

「えっ？　お義母さんが反省するところなんてないよ。僕のためにいろいろ……」

修也と同じように真帆も弟を庇《かば》う言動をしてくれていたことを嬉しく思いつつ、裕美子の口から出た「反省」の言葉には驚かされた。

「そうね、普通の母親は、いくら姉弟で間違いを犯さないためとはいえ、あんなことはしないわね」

「でも、僕はお姉ちゃんと……。お義母さんの苦労をフイにしちゃって……」

「まさにそこなのよ、お義母さんの反省点は」

「どういうこと？」

義母の言わんとしていることが理解できず、首を傾げてしまった。

「それは、つまり……。年頃の男の子にいつまでも手やお口だけで満足しろ、っていうほうが酷だったのかなって。次のステップに進みたくなるのは、ある意味当然の結末だったってことよ。弟を溺愛している真帆さんと、そんなお姉ちゃんが大好きな修ちゃん。中途半端に性欲を満たした状態では、時間の問題だったってこと」

しばしの逡巡《しゅんじゅん》を見せた義母の言葉に、修也は胸が締めつけられそうになった。

（悪いのは僕なのに……。お義母さんにエッチの手伝いをしてもらうきっかけを作ったのは、お姉ちゃんの下着を持ち出した僕なのに……。お義母さんはなにも悪くないのに、なんでこんなに悩ませちゃってるんだろう）

「そんな、お義母さんのサポートは完璧だったよ。普通は母親にあそこまでしてもらうなんてありえないんだから。僕はすごく恵まれていたよ。それに、あれ以上のことっていったら……」

セックスしか考えられない。いくら血が繋がっていないとはいえ、自慰の手伝いでの手淫や口唇愛撫とは、明らかに越える一線が違いすぎる。そのため、修也としてもセックスへの欲望はありつつも、決して口にすることはなかったのだ。

（まあ、実の姉と最後までしちゃった僕が言っても、なんの説得力もないけどな）

「ええ、そう。もし、私が経験させてあげていれば、修ちゃんと真帆さんは……」

「いや、それは……」

裕美子の身体で童貞を卒業していたとしても、真帆と肉体関係を持ってしまった公算は高い。それほど修也にとって真帆は特別な存在なのだ。おそらく義母もそれは理解しているはずなのだが、あのよう形で姉弟相姦を知ってしまったこともあり、「まだなにかできたのでは？」の思いを抱いているのだろう。

「ねえ、修ちゃん。お姉ちゃんとの関係、終わりにできない？」

「いけないことだっていうのはわかってる。保田さんの件が片付くまではどちらにしろエッチできないし……。でも、僕はそれでもお姉ちゃんのことが……。もちろんいやがるお姉ちゃんを無理やりなんて気はないけど……。本当にごめん、お義母さん」

裕美子を悲しませる言葉とはわかっているが、もう義母に嘘はつきたくなかった。

「はぁ、そうよね、簡単に卒業できるなら、もうしてるわよね。……そこで相談なんだけど、お義母さんともエッチ、してみない？」

「えっ！　おっ、おかあ、さん？」

突然の提案に、修也はまじまじと隣に座る義母を見つめてしまった。彫りの深い裕美子の顔には恥じらいの色が浮かび、そうとうに勇気のいる言葉だったことがわかる。

「修ちゃんには真帆さん以外との経験も必要だと思うの。お姉ちゃんしか知らないから、そこに執着しちゃうんじゃないかしら。だったら手はじめにお義母さんとも、こんなオバサンで申し訳ないんだけど、経験するのもありかなって……」

自嘲の笑みを浮かべながら、裕美子がまっすぐに見つめ返してきた。

「で、でも、そんなこと、ほ、本当にいいの？　僕なんかと……」

（絶対、ダメなことだよな。お姉ちゃんにつづいてお義母さんとまで……。そんなことになったら、お父さんの顔、まともに見られなくなるじゃないか）

牡の本能と人としての理性が、修也のなかで激しくぶつかり合っていた。

「母親は愛する子供のためなら、なんでもできるものよ。こんなオバサンの身体でよければ、試してみない？」

「お義母さんは全然オバサンじゃないよ。すごく綺麗だし、身体だって……」

裕美子がとんでもなくグラマーな肢体の持ち主であることは、毎日のようにその肌に触れさせてもらっている修也には周知のことだった。

「なら、いいのね？」

「う、うん、よろしく、お願いします。あっ、でも、お父さんは大丈夫かな？」

理性を倒した本能が、修也の声は上ずらせた。しかし、それでも同じ家にいる父の存在を意識しないわけにはいかなかった。

「お父さん、今日、朝が早かったでしょう。それでゴルフしてさらに懇親会。だからそうとう疲れてるみたいでぐっすりよ。あの感じだと朝まで起きないんじゃないかしら」

「そ、そうか、なら、よかった」

修也の心配を裕美子は優しい微笑みとともに解消してくれた。すると、現金なものでペニスはあっという間にパジャマズボンの下で臨戦態勢を整えてしまった。

「ねえ、修ちゃん、脱いで。お義母さんも全部、今日は下着も全部、脱ぐから」

「う、うん」

義母に勃起を晒すのにはだいぶ慣れてきていたが、今回はそれ以上の関係になるだけに、いつもとは違う緊張が修也の全身を包んでいた。ゴクッと喉を鳴らし立ちあがると、まずはTシャツタイプの上衣を脱ぎ捨て、次いでズボンとその下のボクサーブリーフをいっぺんに脱ぎおろしていった。

ぶんっと唸るように飛び出したペニスが、下腹部に張りつきそうな急角度でそそり立ち、誇らしげに裏筋を見せつけていく。

「あぁん、修ちゃんったら、すごいわ。もう、そんなに……。そうよね、今日はなにもしてあげていないものね」

かすれた声の裕美子はなにか納得したように頷き、ベッドから腰を浮かせた。

(いろいろとありすぎてまったく気にならなかったけど、そうか、僕は今日まだオナニー、してなかったな)

勃起は義母と禁断の関係を結ぶ興奮によるところであったが、言われて初めて、この日はまだ抜いていない事実に思い当たった。

「お、お義母さんの裸も、見せて」

「ええ、いま、脱ぐわね」

頬を赤らめていた裕美子はそう言うと、パジャマの上衣についていたボタンを外しはじめた。上の三つが外された段階で胸元が大きく開くと、砲弾状の熟乳の谷間があらわとなり、乳肉が柔らかそうに揺れているのがわかる。

「あぁ、お義母さんのオッパイ、いつ見ても、すっごい……」

上衣のボタンを外し終え床に脱ぎ落とした義母の、完全露出された双乳を見つめ、陶然とした呟きが漏れ出た。ペニスには胴震いが走り、先走りが滲み出していく。

「うふっ、お義母さんのオッパイなんて、もう見慣れちゃってるでしょう」

強張りを震わせた様子に微笑みを浮かべた裕美子の両手がパジャマズボンの縁に引っかけられ、腰を左右に振るようにして脱ぎおろしていく。たわわな膨らみがぶるんぶるんっと盛大に揺れ動き、修也はまたしても生唾を飲んでしまった。

「はぁ、お義母さんの身体、本当に綺麗で、素敵だよ」

ワインレッドのパンティだけを身に着けた義母を、ウットリと見つめていく。

(いつもはオッパイだけだけど、今日は下も……。お義母さんのあそこも見ることができるんだ。見るだけじゃなく、僕のこいつをそこに……)

「あんッ、修ちゃんったら、自分でする必要、ないでしょう。それとも、そのまま自分で出しちゃう？　お義母さんはそれでもいいわよ」

「えっ？　あっ！　イヤだよ、今日は僕、お義母さんとさ、最後、まで……。ねえ、お義母さん、パ、パンツも、脱いでよ」

自然と右手が勃起を握り、熱い肉竿をこすっていた修也は、裕美子の言葉にハッとして慌ててペニスから手を離した。

「最後の一枚は修ちゃんが脱がせてちょうだい」

「ぼ、僕が……。わ、わかった」

初めての経験に緊張感が高まってくる。それでも修也は義母の前にしゃがみこむと、両手の指で薄布の縁を摘まみ、ボリューム満点の双臀に沿うようになめらかな布地を脱ぎおろしていった。

デルタ形の陰毛がムワッと湧き出すようにあらわになると、鼻の奥がムズムズするような媚臭が襲い、背筋がゾクゾクッと震えてしまった。それでもパンティをおろす手を止めず、修也は軽やかな薄布を足首までおろした。裕美子が片脚ずつあげるのに合わせ、パンティを完全に取り去る。

「お義母さんの裸、ほんとにすっごく、色っぽい」

「あんッ、あまりジロジロ見ないで。いろいろと崩れちゃってるから恥ずかしいわ」

「そんなことないよ。本当にとっても素敵だよ」

恥じらう表情を浮かべる義母に言い返し、改めて裕美子の裸体を見つめた。

まろやかな柔らかさを伝えるように、ほんのちょっとの動きでも悩ましく揺れ動く熟した膨らみ。加齢により多少は余分な肉もつき丸みを帯びているのだろうが、それでもしっかりと括れを描く腰回り。デルタ形の少し濃いめの陰毛に、乳房同様にボリユームのあるヒップ。こちらもあまり垂れている感じはせず、まだまだ張りを失っていないようだ。ムチムチとした太腿にもしっかりと脂が乗っているが、決して太い印象はなく、足首などは美姉同様、キュッと引き締まっていた。

「褒めてくれるのは嬉しいけど、これ以上はなにも出ないわよ」

「だって、お義母さん、本当に素敵なんだもん」

ウットリとした顔で立ちあがった修也は、目鼻立ちの整った義母をまっすぐに見つめ返した。

「もう、修ちゃんったら、お義母さんを口説くつもり?」

少し困ったような、それでいてまんざらでもない表情の裕美子の右手が、下腹部に張りつきそうになっている強張りをやんわりと握りこんできた。

「ンはっ! あぅ、あぁ、お、おかあ、さん……」

なめらかな義母の指先で優しくペニスをこすられると、それだけで痺れるような愉悦が駆け巡った。ピクピクッと強張りが跳ねあがり、張りつめた亀頭先端からは次々と先走りが滲み出していく。

迫りあがる射精感をこらえ、修也も右手を裕美子の左乳房へと這わせていった。たわわな肉房の、どこまでも指が沈みこんでいく感触に自然と頬が緩んでしまう。

「あんッ、修ちゃん」

「お義母さんのオッパイ、本当に大きくって、柔らかくて、すっごく気持ちいぃよ」

修也は豊乳を揉みこみつつ上体を少しだけかがめ、裕美子の右乳房に顔を近づけると、膨らみの頂上に鎮座するくすんだピンク色の乳首を口に含んだ。とたんに甘ったるい乳臭が鼻腔いっぱいに広がり、恍惚感が一気に増した。そのまま甘えるように、チュパッ、チュパッと吸いついていく。

「はンッ、修ちゃんったら、ココをこんなにしてるのに、オッパイを欲しがるなんて、うンッ、いけない赤ちゃんなんだから」

鼻にかかった甘い声をあげた義母の右手が、本格的な手淫を見舞ってきた。手首のスナップを効かせてしごきあげつつ、ほっそりとした指先が先走りでヌルヌルとなっている亀頭を撫でまわしてくる。

欲望のエキスが輸精管を開こうと暴れまわっているのがわかる。修也の腰は身もだえるように左右にくねり、迫りくる射精感を必死に押しとどめていた。

(このままじゃ、いつもと同じだ。お義母さんと最後までする前に、終わっちゃう)

これではいつもの授乳手コキと変わらない。いつもはこのあとフェラチオにより抜いてもらうのだが、今日はいつもとは違って義母がパンティを脱いでくれているのだ。

ならば、いま射精するわけにはいかなかった。

「ンチュッ、ぱぁ、お、お義母さん、待って。僕、もう……」

「いいわよ、いつもみたいに修ちゃんの白いのが出るところ、お義母さんに見せて」

「ヤダ、今日は最後まで……だから出すなら、お義母さんのあそこに……。はぁ、せめて、お義母さんのあそこも触りながらがいいよ」

奥歯をグッと嚙み、修也は絞り出すような声で訴えた。

「あぁん、修ちゃんったら、お義母さんのあそこを触りたいなんて……」

その瞬間、裕美子の総身が震えた。修也の言葉に義母も興奮してくれているのだ。

「触らせて！　ううん、舐め合いっこさせてよ」

「修ちゃんがお義母さんのを、舐めてくれるの？」

「うん、舐めたい！　お義母さんのあそこ……。ねッ、お願い」

着実に近づく射精衝動と戦いながら、修也はシックスナインを懇願していた。

「いいわ、舐め合いっこしましょう。最初に修ちゃんがベッドに横になってちょうだい、そうしたら上からお義母さんが……」

裕美子も性感が高まっているのか、悩ましく上気した顔で頷き返し、ペニスから右手を離した。

「わ、わかった」

修也は義母の乳房から手を離すと、掛け布団を床に落としベッドの中央に横たわった。すると、すぐさま裕美子もベッドにあがり、修也の顔を跨いでくる。胸の横あたりに膝をついた義母のムッチリとした太腿に、自然と両手がのびていく。

「あぁ、お義母さんのあそこが、み、見えるよ」

「あんッ、恥ずかしいから、そういうことは言わないで」

悩ましく腰を震わせた義母は、そう言いつつも腰を落としてきた。徐々に熟れた女肉が近づいてくる。

(お義母さんのあそこ、お姉ちゃんのとは全然、違う。なんか、ずっとエッチだ)

ぽってりと肉厚な秘唇は薄褐色で、陰唇がいびつに左右にはみ出していた。その表面はうっすらと淫蜜の光沢を帯び、義母も興奮状態にあることを伝えてきている。さらに、鼻腔の奥に突き刺さる牝臭も、甘さよりも酸っぱさが強いようだ。真帆のひっそりと清楚な佇まいの淫裂とは違い、強烈にオンナを主張してきている。

「濡れてる。お義母さんも興奮してくれているんだね」

ムチムチとした太腿を撫でつける両手が徐々にあがり、今度はボリューム満点の双臀を撫でつけていく。眼前には卑猥に口を開いたスリットが迫り、降りそそぐ牝臭で頭がクラクラとしてしまいそうだ。さらにはサーモンピンクの膣襞が、ウネウネと誘いをかけてきており、否が応にも興奮を駆り立てられてしまう。

「お願いだから、そんなこと口にしないで。修ちゃんだって、さっきからずっとオチ×チン硬くして、先っぽからエッチなお汁、お漏らししちゃってるでしょう」

切なそうに腰をくねらせた裕美子が上半身を前方へ、修也の下腹部方向へと倒してきた。砲弾状の双乳が、ぶるんぶるんっといやらしく揺れながら腹部に押しつけられ、グニョリと得も言われる柔らかさが襲いかかってくる。

「あぁ、お義母さん……」

「すごいわ。修ちゃんのエッチな匂いで、お義母さんの鼻がムズムズしちゃう。お義母さん相手にこんなにエッチなお汁をお漏らしして、ほんといけない子ね」

亀頭に息を吹きかけるように囁いた義母の右手が、再びペニスに絡みついた。そのまま起こしあげられると、なんの前触れもなく生温かなものに包みこまれた。

「ンわッ、あぁ、おッ、おかあ、さンッ」

ふだんは裕美子の口に咥えこまれる瞬間を見ることができていた。だが今日は義母の身体が密着し、まったくペニスの様子を窺い見ることができない。視覚情報が失われた状態での口唇愛撫に、修也の眼窩に鋭い愉悦の瞬きが襲った。

ジュポッ、ジュポッと音を立て、ペニスが柔らかな朱唇《しゅしん》でこすりあげられていく。さらには裕美子の舌が亀頭に絡み敏感な粘膜を嬲りまわしてきた。

（くッ、あぁ、マズイ、このままじゃ、お義母さんを気持ちよくするどころじゃない。僕のほうがあっという間に……。僕も早くお義母さんのあそこを……）

ビクビクッと腰が小刻みに跳ねあがっていくなか、修也は必死に射精感をやりすごすと、舌を突き出し義母の熟れた女肉をペロンッと舐めあげた。舌先にピリッとした刺激とほのかな塩味と酸味が感じられる。

「ンむっ、うぅン……むぅ、ぢゅぽっ、ヂュチュッ……」

一瞬、裕美子のヒップが跳ねあがったものの、義母は口腔内に迎え入れたペニスを離すことなく、甘いうめきを漏らしながら口唇愛撫を継続してきた。

「ンくっ、はぁ、お義母さん……。くぅ、僕も負けないよ。もっとお義母さんを……」

義母が施してくれる、優しくも確実に絶頂へといざなうフェラチオに腰をくねらせながら、修也は再び熟れた女肉へと挑みかかった。チュパッ、チュパッと音を立て淫裂を舐めあげていく。淫蜜の芳醇な味わいと香りに、背筋にはさざ波が走る。

（お義母さんのエッチなおつゆ、お姉ちゃんのより少し癖が強い感じだな。でも、全然イヤな味じゃない。これなら、お姉ちゃんのと同じように……)

真帆の淫蜜がヌーボーだとすれば、裕美子のそれはまさしくビンテージの味わいということになるのだろう。熟女ならではの奥深さをさらに探究しようと、修也は尖らせた舌先を肉洞に突き立てていった。舌を小刻みに震わせ、淫壺の入口付近の柔襞を刺激していく。肉洞内に溜まっていた淫蜜がドバッと口の中に流れてこみ、鼻の奥から抜けていく牝臭に酔ってしまいそうだ。

「ンむっ！　ふぅン！　むぅぅ……」

切なそうなうめきをあげる裕美子の朱唇がキュッと窄まり、ぬめる舌先が強めに亀頭を撫でつけてきた。目を剝きそうな愉悦に耐え、修也はさらに舌を蠢かせ、溢れ出る蜜液を喉の奥に流しこみながら膣襞を舐めあげた。

「うむッ、むぅン……」

ボリューム満点の双臀を悩ましく左右に振る裕美子が、お返しとばかりに首律動の速度をあげてくる。

「ンむっ、うぅん……ンぱぁ、はぁ、おっ、お義母さん、くッ、そんな激しくされたら、僕、出ちゃう……」

脳天に突き抜ける快感が強まり、修也はたまらず義母の淫裂から唇を離すと、狂おしげに腰を揺すってしまった。裕美子からの愛撫は止まることをしらず、ぢゅぽっ、ジュポッと摩擦音が大きくなり、亀頭にまとわりつく舌の動きも激しくなっていく。

「あぁ、お義母さん、ダメ、本当に、僕、もう、あッ、あぁぁぁぁッ……」

ビクンッと激しく腰が突きあがったときには、白濁液が義母の喉奥を襲っていた。

「ンむっ！　うぅ……ふぅン……うぅん、コクッ……うンッ……コクン……」

「ごめんなさい、お義母さん、僕、まだ、あぁ、出るよ」

苦しげなうめきをあげつつもペニスを解放することなく、精液を小分けにして飲み下してくれる義母に、修也はさらなる欲望のエキスをお見舞いしていた。

5

「ンぱぁ、はぁ、あぁん……いっぱい、出たわね」

放たれた白濁液をすべて嚥下し、残滓をジュルジュルッと吸い出した裕美子は、絶頂を迎え損ねた淫裂を抱えたままペニスを解放すると、修也から身体を離した。

改めて息子の顔を見おろすと、修也が蕩けた表情でこちらを見つめ返してきた。その口元は溢れ出した熟女の蜜液でベトベトとなり、卑猥な光沢を放っている。

（あぁん、修ちゃん、あんなになるまで、私のあそこ、舐めてくれていたのね。私、本当に息子にあそこを許してしまったんだわ）

達することはできなかったが、息子がどれだけ懸命に秘唇を舐めてくれていたかがわかり、胸がキュンッとすると同時に、改めて背徳感が湧きあがってきた。

「ごめんね、お義母さん。僕だけ先に……。本当はもっと感じてほしかったのに」

「そんなのは気にしないでいいのよ。お義母さんは修ちゃんが気持ちよくなってくれれば、それだけで嬉しいんだから」

申し訳なさそうな顔をした修也に、裕美子は微笑みながら首を左右に振った。その瞬間、息子の身体がザワザワと震えたのがわかる。

「うん、ありがとう。でも、きょ、今日は、これだけじゃないんだよね。も、もっと別のことも……」

「ええ、お義母さんの身体でよければ、修ちゃんの好きにしてくれていいのよ。でも、慌てる必要はないわ。少し、休憩してからでも」

「そんなの必要ないよ。だって、お義母さんの顔、いままで見たことがないくらい色っぽいし、それに、僕はまだ……だから……」

修也の視線が自身の下腹部に向いたのにつられそちらを見ると、義母の口腔に大量の白濁液を放ったにもかかわらず、ペニスはいまだに急角度でそそり立っていた。

（そうだったわ。修ちゃんはこれが今日一度目の……。じゃあ、休みなく、今度はこの逞しいのを本当に私の膣中に……。義理とはいえ、息子の硬くしたのを迎え入れることになるんだわ）

いきり立つ強張りを膣内に迎え入れることを想像すると、一度は絶頂近くまで圧しあげられた肉洞がざわめき、期待と禁忌が交差して子宮に新たな鈍痛が襲った。

（期待しちゃダメよ。これは、修ちゃんが真帆さん以外の女性を経験する一環なんだから。そう、これは、修ちゃんにお姉ちゃんを卒業させるための教育。母親として息子を正道に戻すために仕方なく……）

郵便受けに入れられた盗撮写真で姉弟相姦を知ったとき、真帆より先に経験させてあげればよかったという思いがよぎった。しかし、あれは昂る肉体を慰められないいま毎日をすごしていた裕美子に対し、いともあっさりと実弟を迎え入れ、性的快感を得ていた真帆に対する嫉妬がなかったとはいえない。

それだけに、これが修也のためなのだと自分に言い聞かせていないと、夫を裏切っての肉欲に、義理の息子との母子相姦に、囚われてしまいそうな恐怖があったのだ。

「あ、あの、お義母さん、本当にいいんだよね」

ペニスを見つめたまま無言となってしまった裕美子に、不安そうな声をあげた修也が上体を起こしてきた。

「えっ、ええ、もちろんよ。修ちゃんはそのまま横になってくれていて、いいのよ。出したばっかりで、まだ腰、ダルいでしょう？　お義母さんが全部してあげるわ」

息子の言葉で一気に現実に引き戻された裕美子は、少しぎこちない笑みを浮かべ、修也に再び横になるよう促した。

「ううん、僕がお義母さんを気持ちよくしてあげるんだ。だから、お義母さんが横になってよ」

「あぁん、修ちゃんったら……。うふっ、じゃあ、お願いしようかしら」

修也のまっすぐな眼差しに、熟女の腰が切なそうにくねった。息子の言葉を受け入れるように艶然と微笑みかけ、裕美子が代わってベッドに横になる。オンナの本能が両膝を立てるように脚を開いていく。

「ああ、お義母さん」

陶然とした呟きとともに、修也が開かれた脚の間に身体を入れてきた。

（ついに私、修ちゃんと、息子とエッチしちゃうんだわ。あなた、ごめんなさい。私、許されない母親になってしまいます）

寝室で眠る夫に心のなかで頭をさげた。息子と一線を越えた関係を結ぶことは、夫に対する最大の裏切りにほかならない。

（でも、それも全部、この子の、修ちゃんのためなの。真帆さんを卒業して、普通に恋愛できるようにするために、女性経験を積ませる手助けを……）

心の内で言い訳をしていると、修也が天を衝く逞しいペニスを右手に握り覆い被さってきた。裕美子の顔の横に左手をつき、ゆっくりと腰を推し進めてくる。

「お義母さんがしてあげなくても大丈夫？」

「うん、たぶん。トライ、してみたいんだ」

「うふっ、わかったわ。あなたの好きなようにしてごらんなさい」

右手で修也の頬を優しく撫でつけ、左手は息子の背中にそっと這わせた。すると修也の身体からふっと力が抜けたのが伝わってくる。直後、張りつめた亀頭が濡れたスリットをすっと撫でつけてきた。

「あんッ、修ちゃん……」

「触ってる。僕のが、お義母さんのあそこと……ほ、本当にい、挿れちゃうからね」

挿入を間近に控え、緊張感が高まったのか、修也の声が上ずっていた。

「ええ、いいわ、来て。修ちゃんをお義母さんに、あんッ！　違う、もう少し下よ。

落ち着いて、ゆっくりすれば大丈夫だから」

息子を安心させようと頷いた直後、亀頭が秘唇の合わせ目で存在を誇示していた突起を嬲ってきた。想定外のタイミングによる刺激に思わず甲高い喘ぎが漏れてしまう。それでも艶めいた眼差しで修也を見つめ落ち着かせていく。

「う、うん、じゃあ、もう一回……」

もしかしたら、姉弟でエッチをするときは真帆がすべてをリードし、修也が自分から挿入した経験がないのかもしれない。そう思わせるほどに顔を強張らせた息子が小さく息をつくと、右手に握るペニスを上下に動かし、濡れたスリットを撫でつけてきた。ぬめった粘膜同士の接触に腰がくねりそうになるのを必死にこらえ、修也自ら挿入を果たすのを待ってやる。直後、グジュッとくぐもった音を立て、張りつめた亀頭が肉洞の入口を捉えた。

「あぁん、修ちゃん、そこよ。そのまま、いらっしゃい」

「うん、い、イクよ」

お互いに頷き合った次の瞬間、修也がグイッと腰を圧しこんできた。ニュヂュッと粘つく摩擦音を立てながら、いきり立つ強張りが淫壺に押し入ってくる。

「はンッ、しゅっ、修、ちゃん……」

(す、すごい! まさかこんな圧し広げられるような感覚になるなんて……。エッチするのが久しぶりで膣中が敏感になってるのかもしれないけど、それにしても……。あぁん、私、本当に修ちゃんと、息子とエッチ、しちゃったんだわ)

久々に肉洞を埋めてきたペニスは、手で握り、口で刺激を与えていたときに感じていた以上に逞しかった。張り出した亀頭が刺激から遠ざかっていた膣襞を抉るように侵攻してくると、裕美子の脳天にはそれだけでめくるめく快感が突き抜け、あわや軽い絶頂に追いこまれそうになった。

「あぁ、は、入った。本当に僕のが、お義母さんのあそこに、根元まで……」

「そうよ、修ちゃんとお義母さんはいま、ひとつになってるのよ。あぁん、すごいわ、修ちゃんの硬いのがお義母さんの膣中で、ピクピクしてるのがわかるわ」

「くっ、うぅぅ、だってお義母さんの膣中、すっごく気持ちいいんだもん。とっても温かくて、ウネウネが優しく絡みついてきてるよぅ」

「うふっ、いいのよ、動いて。修ちゃんの好きなように、腰、動かしてみて」

蕩けた表情で見つめてくる修也に頷きかけ、裕美子は小さく腰を揺すってみせた。

「ダメ、そんな、動かないで……。そんなことされたら、僕、すぐに出ちゃうよ」

全身を強張らせた修也が激しく首を左右に振ってきた。一方、肉洞に埋まるペニスだけは悦びを伝えるように小刻みに震え、ググッとさらに漲ったようだ。

「出していいの。我慢しないで、気持ちよくなることだけを考えなさい。そうすれば、お義母さんも気持ちよくなれるから、ねッ」

「う、うん、わかった」

射精感と戦うように顔を歪めた修也が、ぎこちなく腰を上下に振りはじめた。グチュッ、グチョッと摩擦音をともない強張りが肉洞を往復していく。

「あんッ、そう、そうよ、修ちゃん、うンッ、とっても上手《じょうず》よ」

張り出した亀頭が引き抜かれるとき、絡みつこうとする柔襞もいっしょにひり出されそうになり、逆に突きこまれると、本来よりも奥まで叩きこまれる感覚が交互に襲ってきた。

「お義母さん、お義母さん……」

うわごとのように呼びながら腰を動かす修也が、この上なく愛おしく感じる。

「はンッ、いいわ、修ちゃん、お義母さん、すっごく気持ちいいわよ」

(はぁン、私、本当に感じさせられちゃってる。どんな言い訳をしても絶対に許されないのに、こんなに気持ちいいなんて……)

裕美子の両手が息子の首に絡みつき、淫靡に濡れた瞳でまっすぐに見つめていく。

「あぁ、お義母さん、僕も、とんでもなく、気持ちいいよ。こうしてお義母さんの膣中でこすってもらうと、くッ、エッチなウネウネがキュンキュンしながら、優しく締めつけてきて、とんでもなく、気持ちいい」

「それはお義母さんも感じている証拠よ。はぅンッ、修ちゃんが上手だから、お義母さんのあそこが、悦んでいるのよ。あんッ！ すっごい、まだ大きくなるなんて」

肉洞を往復しつつ小さな胴震いを起こしていたペニスがさらにその体積が増したのを、膣襞が敏感に感じ取った。その瞬間、痺れるような愉悦が背筋を駆けあがる。快楽中枢を妖しく揺らされ、反応して肉洞がキュンッとその締めつけを強めた。

「ンはっ！ くッ、そ、そんな、お義母さんのあそこが一気に締まってきたよ」

それまでの優しい締めつけ感から一転、ギュッと握りこまれたような圧迫感をペニスに感じ、修也は目を見張った。

「違うわ。お義母さんじゃなく、修ちゃんのが大きくなったからよ。本当に立派よ」

潤んだ瞳で艶笑を送ってくる義母に背筋が震えた。温かな膣内で愉悦に浸かるペニスが胴震いし、二度目の噴火を待ち侘びる欲望のマグマが陰嚢内を暴れまわる。

「はぁ、僕、本当にもう……。ねえ、このまま膣内に出しちゃっても、いいの？」

牡の本能が腰を上下に動かしつづけていた。グチュッ、ズチュッと卑猥な相姦音を奏でながら、硬直を熟母の淫壺でこすりあげていく。締めつけを強めながらも、甘く絡みつく膣襞の蠢きに弄ばれると、射精感が確実に迫りあがってきた。

「ええ、いいわよ、遠慮しないで。お義母さんの膣奥に、はンッ、修ちゃんの中に溜まっているもの全部、吐き出してくれていいのよ」

そう言うと裕美子は両脚を跳ねあげ、ムッチリとした太腿で修也の腰を挟みこんできた。さらに、下から腰を妖しくくねらせてくる。

「うくッ、あぁ、ダメ、そんなエッチに腰、揺すられたら、本当にすぐに……。あぁ、お義母さんにもいっぱい感じてもらいたいのに……」

（僕はさっきお義母さんの口で一回出させてもらってるのに、また先になんて……。今度こそ絶対、お義母さんもいっしょに……）

真帆とのセックスもまだ二回。初体験とラブホテルの一件だけであり、これが生涯三度目の性行為の修也としては、相手を先にイカせてみたいという欲求を覚えはじめていた。そのため、迫りくる射精衝動を必死にやりすごすと、腰の律動速度を一気にあげた。禁断の摩擦音がその間隔を短くしていく。

「はンッ、はげ、しィ……。はぁン、修ちゃん、すごいわ。修ちゃんの逞しいオチ×チンで膣中、そんなに激しくゴリゴリされると、お義母さん……。あぁん、イッて！　お義母さんの膣奥に、いっぱい出して」

「いっしょに……あぁ、僕、お母さんといっしょにイキたいよ」

(でもこのままじゃ確実に僕のほうが……。もっとお義母さんを刺激しないと……)

律動を速めることは諸刃の剣であった。それだけに、修也としてもここが踏ん張りどころと、腰を突きこむたびに盛大に揺れる熟母の豊乳に右手を被せていった。蕩ける柔らかさの熟れた乳肉をやんわりと揉みこんでいく。

「あんッ、しゅッ、修ちゃん……」

「お義母さんのオッパイ、本当にすっごく大きくて、柔らかくて気持ちいいよ」

「はぁン、いいのよ、好きにして。お義母さんの身体はどこでも、オッパイでもあそこでも、うんっ、修ちゃんが気持ちよくなるために、あんッ！」

「くっ、はぁ、さらに、お義母さんの膣中が、さらにキツく……。そんな強く、締めつけないで。僕、本当に限界、近いから」

修也が右手の親指と人差し指で球状に硬化していた乳首を摘まんだ直後、義母の口から甲高い喘ぎがこぼれ、激しく腰を突きあげつつ膣圧をさらに高めてきた。今日一

101-8405

書籍のご注文は84円
アンケートのみは63円
切手を貼ってください

東京都千代田区神田三崎町2-18-11

二見書房・M&M係行

ご住所 〒

TEL - - Eメール

フリガナ

お名前

(年令 才)

※誤送を防止するためアパート・マンション名は詳しくご記入ください。

20.3

愛読者アンケート

1 お買い上げタイトル（　　　　　　　　　　　　　　　　　　　　）

2 お買い求めの動機は？（複数回答可）

□ この著者のファンだった　□ 内容が面白そうだった
□ タイトルがよかった　□ 装丁（イラスト）がよかった
□ あらすじに惹かれた　□ 引用文・キャッチコピーを読んで
□ 知人にすすめられた
□ 広告を見た　　（新聞、雑誌名：　　　　　　　　　　）
□ 紹介記事を見た（新聞、雑誌名：　　　　　　　　　　）
□ 書店の店頭で　（書店名：　　　　　　　　　　　　　）

3 ご職業

□ 学生 □ 会社員 □ 公務員 □ 農林漁業 □ 医師 □ 教員
□ 工員・店員 □ 主婦 □ 無職 □ フリーター □ 自由業
□ その他（　　　　　　　　　　　　　　）

4 この本に対する評価は？

内容：□ 満足 □ やや満足 □ 普通 □ やや不満 □ 不満
定価：□ 満足 □ やや満足 □ 普通 □ やや不満 □ 不満
装丁：□ 満足 □ やや満足 □ 普通 □ やや不満 □ 不満

5 どんなジャンルの小説が読みたいですか？（複数回答可）

□ ロリータ　□ 美少女　□ アイドル　□ 女子高生　□ 女教師
□ 看護婦　□ ＯＬ　□ 人妻　□ 熟女　□ 近親相姦　□ 痴漢
□ レイプ　□ レズ　□ サド・マゾ（ミストレス）□ 調教
□ フェチ　□ スカトロ　□ その他（　　　　　　　　）

6 好きな作家は？（複数回答・他社作家回答可）

（　　　　　　　　　　　　　　　　　　　　　　　　　　　）

7 マドンナメイト文庫、本書の著者、当社に対するご意見、ご感想、メッセージなどをお書きください。

ご協力ありがとうございました

番の圧迫に、修也の腰も激しく震え、ペニスが小刻みな痙攣を起こしてしまう。

「あぅん、修ちゃんのせいよ。修ちゃんがお義母さんの敏感なところ悪戯するから、あン、ダメ、乳首、クニクニされながら、膣中をそんなに激しくこすられたら……」

悩ましく柳眉を歪めた義母が、淫靡に潤んだ瞳を細め見つめ返してきた。肉厚な唇からは絶えず甘い喘ぎがこぼれ落ち、艶腰が切なそうに左右に揺れ動いていく。締めつけを強めた肉洞がわななきながら、柔襞をペニスに絡みつかせてきている。

「ダメだ、出る！　お義母さんのエッチなあそこで僕……あっ、あぁぁアァァッ！」

目がくらみそうな快楽に、修也は完全に飲みこまれてしまった。

手のひらから溢れ返る柔乳をギュッと鷲掴み、牡の本能がズンッとひときわ強く強張りを淫壺に叩きこむ。その直後、膨張しきった亀頭が弾け、抑えこまれていた白濁液が一気に熟母の子宮を叩いた。

「あんッ！　すっごい、来てる！　熱いのが、修ちゃんの精液が膣奥に、お義母さんの子宮に、はぁン、来ちゃう……息子のミルクで、私、あっ、あぁぁぁ～～ンッ！」

修也が欲望のエキスを迸らせた直後、裕美子の全身にも絶頂痙攣が襲っていた。腰を挟みつけていたムチムチの太腿がさらにギュッと密着し、熟腰が断続的に跳ねあがっていく。さらに、一瞬、弛緩した肉洞が再びペニスを締めつけ、柔襞の蠕動で精液が搾り出されていく感覚に見舞われていた。

「あぁ、吸い出されていく。お義母さんの膣奥に、僕、射精が止まらないよ」

「出して！　修ちゃんが満足するまで、いくらでも……。あぁン、熱いわ。修ちゃんの精液で、お義母さんのお腹、ポカポカになってる」

「おぉぉ、お義母さん……」

射精の脈動が繰り返されるなか、修也は脱力したように義母の上に覆い被さっていった。胸板で豊乳を押し潰す形となり、柔らかくひしゃげる乳肉の感触にさらに腰が震えてしまう。すると、裕美子の両手が背中にまわされ、優しく抱き留めてくれた。

「はぁ、ハア、あぁ、すっごく気持ちよかったよ、お義母さん」

「うふっ、それなら、よかったわ。お義母さんもとっても気持ちよかったわよ。いいわね、修ちゃん。これからもお義母さんが、真帆さんを卒業するお手伝いをさせてもらうから、遠慮なく言うのよ」

「うん、ありがとう、お義母さん」

（そうだ、これは、お姉ちゃんを卒業するためのエッチだったんだ。でも、そんな簡単には……）

裕美子の言葉にゾクリと背筋を震わせつつも、真帆を卒業する難しさを感じる修也は、それでも甘い吐息を漏らす義母の唇に己のそれを重ねていくのであった。

第四章　ご褒美のレズ絶頂と処女喪失

1

道の両側には腰の高さの木製の柵がつづき、その内側にはしっかりと手入れされた木々が並んでいる。そして木々の奥には高床の建物がひっそりと建っていた。とはいえ、建物自体が狭小なわけではない。一区画の敷地がそれだけ広いのだ。

旧軽井沢《かるいざわ》の別荘地。軽井沢駅から旧軽銀座と呼ばれるエリアの入口までタクシーできた修也は、そこからぷらぷらと歩きながら島崎家の別荘を目指していた。別荘前までタクシーで行ったほうが楽なのだが、緑の中を少し歩いてみたくなったのだ。

七月下旬、三連休の中日である日曜日。東京に比べれば気温は低くすごしやすい。

しかし湿度もそこそこあるため、カラッとしているかと言われればそうでもない。

(お姉ちゃんが僕を別荘に呼び出すなんて、珍しいよな。保田さんの件、カタがついたのかなぁ)

木々が作り出す日陰道を歩きながら、修也は姉の呼び出し理由を考えていた。

姉の真帆とは、友美の盗撮写真騒動以降は二人きりで会わないようにしていた。かといってまったくの没交渉だったわけではない。真帆が実家に戻ってきた際などは普通に接していたし、週に一、二回は電話で話しもしていた。だが、その電話の際も友美とのその後については聞かないようにしていた。それだけに、別荘への呼び出しには自然と心浮き立つ気持ちになってしまう。

(お義母さんは少し不安そうな顔をしていたけど、それでも最後は笑顔で送り出してくれたし、変な心配、かけないようにしないとな)

今月の初旬、姉弟相姦がバレて以降、義母は約束どおりその熟れた肉体を何度も与えてくれていた。とはいえ、父親もいる家で毎日セックスさせてもらうわけにはいかなかった。また、修也にしても真帆を卒業できる見こみがないのに、裕美子の肉体を求めるのははばかる思いもあったのだ。

そのため週の大半はいままでどおり、手淫やフェラチオで欲望を満たしてもらい、予備校の授業がなく、学校から直接家に帰った日や、週末、父が家を空けているときに、性交をさせてもらう感じになっていた。

その裕美子は今回の真帆からの呼び出しに最初は少し難しい顔をしていた。姉弟二人で夜をすごすことになれば、再び関係を持ってしまうのではないかという危惧が大きかったのだろう。だが、子供たちの関係を知らない父親があっさりと別荘を使うことを許可していたこともあり、表立っての反対はしにくかったと思われる。

「いい、修ちゃん。もしお姉ちゃんとエッチしちゃったら、そのときは正直に、東京に戻ってからでいいから、お義母さんに話してね」

午前十時前、家を出る際に玄関まで送りに出てきた裕美子が、リビングにいる父の存在を気にしつつ耳元で囁いてきた。

「うん、わかった。お義母さんには僕、もう嘘はつかないよ」

修也がそう囁き返すと、義母は優しい微笑みとともに頷いてくれたのだ。

(あれ？　車が駐まってる？　ということはお姉ちゃん、もう来てるのか？)

義母との会話を思い出していた修也は、少し先の細い十字路を渡った向こうにある島崎家の別荘に視線を送った瞬間、足を止めてしまった。木柵が途切れたところに石積みの門柱があるのだが、ふだんは閉まっている鉄製の門扉が開けられ、その先に一台の車が駐まっているのが見えた。車はスタイリッシュな外観をした国産のコンパクトSUVで、修也も何度も乗せてもらったことがある真帆の愛車だ。

（この時間に来てるんなら、朝、家まで迎えに来てくれてもいいのに）

姉からは昨日も「もしかしたら夕方になってしまうかもしれないから、先に行っていて」と言われていたのだ。そのため新幹線を使ってきたのだが、すでに着いているということは、真帆も午前中には東京を出たということであり、それなら一言連絡をくれてもよさそうなのに、という思いが胸に湧きあがってくる。

（まあ、でも、お姉ちゃん的なサプライズかもしれないしな。なにはともあれ、これから明日東京に帰るまでは、久しぶりにお姉ちゃんと二人ですごせるんだ）

すぐに気持ちを切り替え、修也は小走りで十字路を渡ると、開いていた門を抜け玄関へと向かった。

島崎家の別荘も周囲のそれと同じような高床式で、上から見ると横方向に長い凹型をしていた。ちょうどへこんでいる部分が玄関であり、玄関を入って右に進むと広々としたLDK、左に進むと居室が並ぶ平屋造りだ。

修也は玄関につづく五段の階段を足取り軽くのぼると、鍵を開け屋内へと入った。靴を脱ぎそのまま右へ。ドアを開けLDKへと歩を進める。次の瞬間、ゆったりとした作りのコーナーソファに座る人物を見てギョッとした。

「えっ！　保田、さん？」

「こんにちは。お邪魔しています」

「あっ、こ、こんにちは。よ、ようこそ」

友美が軽く頭をさげてきたのに対し、修也も戸惑いながら挨拶を返した。

（なんで？　なんでこの人がここに……。いや、お姉ちゃんが連れてきたんだろうけど、それにしても、なぜ？）

大好きな姉と二人ですごせると思っていたため、友美の姿には驚きを禁じ得ない。

「いらっしゃい、修也。電車の時間、教えてくれれば、駅まで迎えに行ったのに」

「えっ、あっ、う、うん。まさか、お姉ちゃんがこんなに早く、こっちに来ていると思ってなかったから……。あの、それで、どうしてここに保田さんが……」

キッチンからコーヒーカップを手に戻ってきた真帆に、修也は真意を問いかけるような眼差しを送った。

「例の件、いつまでも先延ばしにしていられないし、はっきりさせようと思って。とりあえず、修也も部屋に荷物を置いていらっしゃい」

「う、うん、わかった」

姉に促され、修也はいったんリビングを出ると、再び玄関前を通って建物の左側へと向かった。ドアを開けるとその先には内廊下がのび、左側にドアが四つ、廊下の突き当たりに引き戸があった。

四つの居室はすべて八畳の洋間で、各部屋にはワイドタイプのセミダブルベッドが二つとライティングデスクが置かれ、クローゼットもついていた。また廊下の突き当たりの引き戸は洗面、脱衣所と浴室へと通じている。

別荘を訪れた際に決まった部屋があるわけではないが、いつからか一番手前の部屋を両親が使い、その隣を真帆、三つ目を修也、一番奥は来客者が使用するようになっていた。来客が多かった場合は姉弟で同じ部屋を使い、部屋を空けるなどもしている。

この日、修也はいつものように三番目の部屋に荷物を置くとスマホを取り出し、アプリを使って裕美子にメッセージを送った。

《無事に別荘に着いたよ。お姉ちゃん、先に車で来てた。それと、お義母さんの心配、杞憂《きゆう》かも。例の保田さんがお姉ちゃんといっしょに来てる》

すると、すぐさま義母が返信を送ってきた。

《無事についてよかったわ。真帆さんが連れてきたのなら問題ないでしょうけど、なにかあったらまた連絡をちょうだい。こっちは今日も三十五度超えの暑さだから、そ

っちで少しはゆっくりしてきなさい》

《ありがとう。こっちも少し蒸しているけど、東京ほどじゃないね。なにかあったら、また連絡します。じゃあ、リビングに戻ります》

短いやり取りののち、修也はリビングへと戻った。

「修也、悪いけど、友美の隣に座ってくれる」

「えっ、う、うん」

姉に促され、友美の隣に腰をおろすと、すぐに真帆がコーヒーを持ってきてくれた。

しかし美姉は二人を座らせたコーナーソファには座らず、オットマンが着いたパーソナルチェアに腰を落ち着けた。

センターテーブルに置かれたコーヒーカップを手に持ち、チラッと隣を窺うと、友美の顔には緊張感が漂っているのがわかる。

(保田さん、本当にお姉ちゃんのことが好きなんだろうな。だから、こんなに強張った顔を……)

進学のため上京した直後から頻繁に痴漢に遭うようになったことで一気に男性不信に陥り、日常生活のなかで普通に接する分には問題ないが、いざ二人きりという状況は身体を弄ばれる恐怖を覚えるためNG。痴漢から救ってくれた真帆が白馬の王子様になってしまっている友美。その憧れの相手から審判を下されるのだ。緊張するなと言うほうが無理な相談だろう。

(でも、保田さん、こんなに可愛い顔をしてるんだから、その気になれば彼氏だっていくらでも作れるだろうに、なんかもったいないなあ)

姉弟相姦を裕美子に暴露し、真帆と二人で会えなくした張本人ではあったが、一方で義母と関係を結ぶきっかけを作った人物でもある。それだけに、修也としても友美を恨む気持ちにはあまりなれていなかった。

ショートボブの髪型に卵形の可愛い顔立ちをした友美は、確実にモテると思われる。男性不信で男を一律で捉えてしまっているところがあるとはいえ、友美を大切に想ってくれる男性も確実にいたであろうと考えると、残念な気もするのだ。

そんなことを考えながら修也はコーヒーで喉を潤し、カップをテーブルに戻した。

「さて、回りくどい言い方するのもイヤだから、単刀直入にいくわよ」

自身もコーヒーで口を潤した真帆はそう言うと、まっすぐに友美に目を向けた。頷く後輩に頷き返した姉は、ひとつ小さく息をつき、再び口を開いた。

曰《いわ》く、気持ちは嬉しいがやはり恋人同士になることはできない。だからといって、友美のことを避けることもしない。二度とおかしな行動を取らないと誓ってくれるのなら、盗撮写真の一件は完全に水に流す。そして、いままでどおり先輩と後輩として付き合っていきたいと思う、というものであった。

隣で聞いていた修也でさえ居心地が悪くなりそうな、友美にとっては全面敗訴に等しい結果であった。だが、ある程度の覚悟はしていたのだろう、二十三歳の若い女性はいまにも泣きそうな顔になりながらも、小さく頷き返していた。

「先輩やご家族のみなさんにはご迷惑をおかけして、本当にすみませんでした」

「その件はもう水に流すって言ったでしょう。だから、謝る必要もなくなっているのよ。いいわね、修也。アレはなかったことになったから」

目に涙を溜め、改めて頭をさげた友美に優しく声をかけた姉がこちらに視線を向け、反対は許さないといった口調で言いきった。

「うん、わかった。お姉ちゃんが決めたのなら、僕はなにも言うことないし。お義母さんには帰ったら詳細を伝えるよ」

「よろしく」

頷く姉に、修也も小さく頷き返した。

(お義母さんには、あとでメッセージを送っておこう。そうすれば、東京に帰ってからの説明も手短になるし)

部屋に戻ったら真っ先に義母に連絡を取ろうと決めた直後、真帆が思いがけないことを口にしはじめた。

「じゃあ、あの件はこれで終わりね。とはいえ、いまのままだと友美は得るものがなにもなくなっちゃうのよね」

「そんなことは……。あんなことをしたのに、先輩は会社で顔を合わせても普通に接していてくれたじゃないですか。それに、許してもくれたし、私はそれだけで」

「そうなんだけど、いちおう私も社会人だからね、いきなりあからさまに態度を変えるようなことはしないわよ。それに、一昨日の金曜日にここに誘うまで、私はあなたを会社帰りの食事や飲みに誘ってないでしょう」

いまだに目を潤ませていた友美の反論に、姉が再反論で返していく。修也としては会話に立ち入る立場にはなく、かといって席を外す雰囲気でもなかったため、黙ってやり取りを聞きながらコーヒーに口をつけていた。

「それは、そうですけど……」

「そこで私は友美に、修也との、実弟との関係を黙っていてもらう代わりとして、口止め料を払おうかと思うの」

「えっ⁉」

あまりに想定外な言葉に、修也と友美の口から同時に声が漏れた。思わず隣に座る者同士で顔を見合わせてしまったほどだ。

(そりゃあ僕と、実の弟と肉体関係にあるなんてことは、誰にも知られちゃいけないことだけど、それにしても……。「水に流す」と言ったばかりでさすがにそれは……)

友美をさらに傷つけてしまう行為ではないのか、という思いが湧きあがってくる。

「ちょっと待ってください、私はなにも真帆先輩を脅したかったわけじゃ」

「わかってるわよ。だから、お金ではなく、現物支給よ」

心外だといわんばかりに口を尖らせる後輩に、姉が悪戯っぽく微笑んだ。

「現物支給、ですか？」

言っていることがわからないといった様子で首を傾げる友美に、修也も同意であった。姉の真意がまったく理解できず、訝しげな表情で真帆を見つめた。

「そう現物支給。一度だけなら、友美の願い、叶えてあげようかと思って」

「私の、願い？」

「付き合ってあげることはできないわ。でも確か、私とエッチなことをしてみたい、って言ってなかったかしら？」

「えっ！　それって、先輩、私と……」

「一度だけなら、ねッ」

「ちょ、ちょっとお姉ちゃん、突然、なにを言い出してるの」

（確かに保田さんのマンションで話をしたとき、そんなことを言っていた記憶はあるけど、たった一度だけとはいえ、まさかそれを受け入れるなんて……）

真帆の言葉に友美が喜びの表情となったのとは対照的に、修也は戸惑いの言葉を発していた。

「修也は少し黙っていて」

「でも」

「修也！　お姉ちゃんの言うことが聞けないの？」

強い口調で言われては、修也としては返す言葉がない。弟が不満げな顔をしながらも黙ったことを確認すると、姉が再び友美に視線を向けた。

「いい、友美、一度だけよ。そして、その場に修也を立ち会わせることが条件よ」

「えっ!?」

「へっ？　ぼ、僕が二人のエッチの場に立ち会うの？」

またしても修也と友美は同時に驚きの声を発してしまった。さらに姉の後輩女性と顔を見合わせてしまう。困惑顔の友美を見つめつつ、自分も同じような顔をしているのだろうと思った。

「あ、あの、それって、私の裸を、恥ずかしいところもすべて、先輩の弟さんに、修也くんに見せろってことですよね」

先ほどまでの喜び顔から一転、強張った表情で友美が真帆に問いかけていた。男性不信の友美にとって、修也に裸体を晒すことはさぞかしハードルが高いだろうと、他人事ながら可哀想になってくる。

「そうよ。例の件ではこの子にそうとう迷惑をかけたの。なんといっても義母に直接私とのことを説明しなくちゃいけなかったんだから。それに、今日まで友美との約束を守って、修也とはなにもなかったのよ。そもそも、二人で会うことすらしなかったくらいなんだから。だから、少しくらいはいい思いをさせてあげたいのよ」

「お、お姉ちゃん……」

（まさか、最初からそのつもりで保田さんを別荘に誘い、僕を呼んだのか。それにしても、なんて大胆なことを……）

真帆の思惑がようやくわかったような気がする。同時にその大胆さに圧倒されるものを覚えた。

「つ、つまり、私が二人の関係を黙っている口止め料が先輩とのエッチで、私の裸を見せることが、修也くんへの迷惑料ってことですか」

「簡単に言えばね。どうするかの最終判断は友美が下してちょうだい」

言うべきことはすべて伝えたというふうに、すべての決断を後輩に委《ゆだ》ねた真帆は、コーヒーカップを手に取ると、パーソナルチェアの背もたれに寄りかかるように深く腰を落ち着けていった。修也はその様子を少し複雑な表情で見つめていた。

（確かに保田さんの裸を見られるのはラッキーなんだろうけど、でも、お姉ちゃんが相手は女性とはいえ、エッチする姿を見せられるのは拷問だよ。そもそも、保田さんがそんな条件、飲まない可能性だって……。そうしたら、僕とお姉ちゃんの関係が広い範囲に……。そうなったときのリスクはほんと、計り知れないよ）

友美が思案に暮れるさまを横目に見ながら、修也も悪い方向への思いばかりが募っていった。ただ一人、真帆だけが泰然とした様子でコーヒーを味わっている。

「あ、あの、先輩。先輩の出した条件、承諾します」

覚悟を決めたのか、大きく息をついた友美が真帆にまっすぐな視線を向けた。

（マヂか！　あんな条件を、僕に裸を見せてまでお姉ちゃんと……）

友美の姉に対する想いを改めて突きつけられた気がして、修也は呆気にとられた。

「ただ、その、裸を見られるのは我慢しますけど、さすがにエッチは……。だから、そのときは弟さんに目隠しをしてもらうとか、できないですか？」

友美は躊躇いがちにそう言うと、すがるような眼差しで真帆を見つめた。

「う～ん、目隠しか……。トラベルポーチにアイマスクは入ってたわね。まあ、それくらいはいいか。了解よ。それでどうする、いまからする？　それとも夜に……」

当事者のはずなのだが、修也を無視した形で話が進んでいく。

（はぁ、僕はもうこのまま流れに任せていくしかないな）

「い、いまから、お願いします。覚悟ができているうちに」

「わかったわ。じゃあ、友美が先にシャワー使っていいわよ。そのあとは、部屋で待っていて、私もシャワーを浴びたらすぐに行くから」

「はい」

緊張した様子ながら、頬を上気させた友美がソファから立ちあがりリビングを出ていった。姉は優しい目でそれを見送ると、改めてこちらに視線を向けてきた。

「そういうことだから、修也もよろしくね」

「よろしくねって、お姉ちゃん」

「二十三歳の若い女性の裸を見られるんだから、役得でしょう。友美、小柄だけどけっこう出るところはしっかり出ていて、エッチな身体してるわよ。目隠しは途中で外しちゃっていいから」

「いや、そういうことじゃ……」

「それに、これが終われば、また修也の相手、してあげられるようになるのよ」

「お、お姉ちゃんとまた、エッチを……ゴクッ」

優しさのなかに艶めいたものを浮かべる真帆に、背筋が震えてしまった。チノパンの下のペニスがピクッと跳ね、鎌首をもたげそうになる。

「それとも修也はさんざんお義母さんとしてるから、いまさら私とはしたくない？」

「えっ！」

（どうしてお義母さんとのことを……。僕はお姉ちゃんに伝えてなかったのに……）

思わぬ言葉に、顔から血の気が引く思いがする。

「なに驚いているのよ。そっか、お義母さん、修也には言ってなかったのか」

一人納得したように呟いた姉の言葉で、すべてを察することができた。どうやら裕美子が真帆に報告していたらしい。義母に姉弟の秘密を握られている負い目を感じさせないよう、真帆に修也との関係を伝えたのだろう。裕美子らしい気遣いだ。

「まあ、いいわ、修也はこのコーヒーカップ、全部洗っておいて。それが終わったら部屋で待っていてちょうだい。シャワーを浴び終えたら呼びに行くから。それまで友美との接触は禁止、勝手に部屋に行くんじゃないわよ。いいわね」

「う、うん、わかった。お姉ちゃんの言うとおりにする」

義母との関係を知られていた驚きを引きずっていた修也は、真帆の言葉に素直に従うのであった。

2

コンコンッと扉がノックされ、憧れの先輩である島崎真帆がバスタオルを身体に巻きつけただけの姿であらわれた瞬間、友美は心臓が一気に鼓動を速めたのを感じた。

「ま、真帆、先輩」

浅く腰をおろしていたベッドから立ちあがり、真帆を出迎える。友美自身もバスタオルを身体に巻いただけの姿であり、これから行われることを思うと、それだけで腰が震えてしまう。

「お待たせ。——修也はそこの椅子に座っていなさいね」

友美に微笑みかけた真帆が後ろに視線を向け脇に寄ると、緊張した面持《おも》ちの修也が部屋に入ってきた。その瞬間、友美は自身の身体が少し強張ったのを意識した。

修也は一瞬こちらに視線を向け友美の格好を見るとすぐさま目を伏せ、真帆に示されたライティングデスクの椅子をベッドに向け、腰をおろした。

（私、真帆先輩の弟とはいえ、本当に男性に裸を見せることになるのね。あの条件を飲んだの、失敗だったかな。でも、拒否をすれば今後先輩とは……）

十八歳で上京して以降、友美の心の支えは二つ上の真帆であった。地元から東京に出たばかりの頃は、期待に胸を高鳴らせていた。普通に恋愛を楽しみ、彼氏とおしゃれなレストランで食事をしてホテルで一夜をすごすことを想像していたのだ。

だが現実は残酷で、小柄で可愛らしい見た目と、垢抜けないおどおどとした雰囲気が格好のターゲットとされたのだろう、毎日のように痴漢に遭っていた。恐怖に身を縮め、目に涙を溜めて耐える日々。彼氏を作るという夢が色あせ、男性不信に陥るまでさして時間はかからなかった。そんなとき助けてくれたのが、偶然、同じ電車に乗り合わせていた真帆であり、毅然とした態度で痴漢を駅員に突き出してくれたのだ。

その後、真帆が同じ大学の先輩であると知り、親しく話をさせてもらっているうちに気持ちが一方的に募っていった。だからこそ、修也との関係はショックであった。真帆の弟というだけでも羨ましいのに、近親相姦のタブーを犯してもいいと思えるほどに愛されていることが憎らしかった。そのため、盗撮写真を母親宛に実家に届ける、という暴挙に出たのだ。

(自分でもやりすぎたって思ったけど、あのときはああでもしないといられない気分だったし……。でも、そんな私に許しを与えてくれて、さらにこんな機会まで……。修也くんがいるのはやはり気になるけど、先輩に意識を集中すれば……)

「もしかして、緊張してるの？」

「し、してます。本当に先輩とエッチなことができるなんて、信じられなくて」

真帆の問いかけに意識が引き戻された友美は、自分の声が上ずっていくのを感じた。心臓が口から飛び出しそうなほど、ドキドキが止まらない。

「正直、私もちょっと緊張してる。だって女性とエッチなことをした経験ないもん。それに、弟に見られながらっていうのが、さらに……ね」

チラッと椅子に座る修也に視線を送り、優しい微笑みを浮かべた真帆に、友美の胸がチクリと痛んだ。それは罪悪感ではなく、憧れの先輩に愛されている修也に対する嫉妬の痛み。

(弟より私のほうがいいと思ってもらえれば、もしかしたらこれからも……)

儚《はかな》い望みだと認識しつつ、修也から真帆を寝盗ってやりたい思いが強まっていく。

「先輩の初めての相手になれて、嬉しいです」

「馬鹿なこと言わないの。それに、そんなことを言ったら、私も友美の初めての相手じゃないの？　それとも、私以外の誰かとすでに……。もしかして男性？」

「そんなことあるわけないじゃないですか。先輩以外となんて、考えたくもありません。それに、オトコなんて論外です！」

からかうような真帆の言葉に、声を大にして反論していく。

「ふふっ、そんなあからさまに否定しなくても。そうそう、これがあとで修也にさせるアイマスクだけど、いちおう、確認して」

クスッと笑みを浮かべた真帆が黒いアイマスクを差し出してきた。受け取り確認すると、なんの変哲もない普通のアイマスクだとわかる。友美が小さく頷き返すと、憧れの先輩はそれを手招きで呼び寄せた修也に渡した。

少年が再び椅子に腰をおろした直後、年上美女の右手がなんの前触れもなく友美の身体を隠すバスタオルにのばされ、胸のあたりの折り返しがあっさりと外されてしまった。パサッと音を立て一瞬にしてバスタオルが床に落ちていく。

「キャッ！」

「ハッ！　す、すごい……」

自身の小さな悲鳴に被さって、椅子に座る修也の呟きとゴクッと唾を飲む音が届いてきた。男性に裸を見られている羞恥に、友美の両手が自然と身体を隠す構えをみせた。右手でお椀形をしたEカップの膨らみを隠しつつ、左手は下腹部へ、控えめに茂ったデルタ形の陰毛を覆い、腰をひねるようにして、見られないようにしていく。

「ダメよ、友美、隠しては。修也にあなたの裸を見せる約束よ」

「それは、そう、ですけど……」

「しょうがないなあ」

少し涙声となってしまった友美に、真帆が自身のバスタオルも床に落としてきた。息を呑むほどに美しい、抜群のプロポーションに一瞬にして目を奪われてしまう。

「ああ、お姉ちゃん……」

ウットリとした修也の声もいまは気にならないほど、真帆の身体は神々《こうごう》しかった。

(真帆先輩の身体、やっぱり、すごい)

学生時代、仲間で温泉旅行に行った際に真帆の裸は見たことがあったが、久しぶりに見る憧れの先輩の裸体は、あの頃よりさらに色気が増しているように感じる。

スラリとした長身でありながら、円錐形の双乳は友美の膨らみよりもたわわであり、腰回りのラインは溜め息が出るほどに深く括れ、ヒップはツンッと無防備に張り出している。適度な肉付きの太腿からキュッと締まった足首まで、流れるような美しいラインを描く長い脚も魅力的であった。

「さあ、友美、手をどかして、修也にあなたの綺麗な身体、見せてあげて」

「は、はい」

真帆の裸体に見とれていた友美は、憧れの先輩の囁きに操られるように、身体を隠していた両手を離し、椅子に座る修也のほうを向いた。

「あぁ、保田さんの、友美さんの身体、とっても綺麗です」

「いや、恥ずかしい」

「本当にとっても素敵よ、友美」

真後ろに立つ真帆の囁きにゾクリと背筋を震わせていると、年上美女の両手が双乳へと這わされてきた。それまでは服の上から、痴漢男性に触られたことしかない膨らみが、同性のほっそりとした指で揉みこまれていく。

「あんッ、先輩……」

「友美の胸、すっごい弾力ね。それに、小柄な割にここはこんなにいやらしく大きいなんて、もしかして友美って、すごくエッチな女の子なんじゃないの」

「そ、そんなこと、ウンッ、ないです」

「ほんとに？」

後ろから双乳を捏ねあげてくる真帆が、右耳の後ろに唇を寄せ甘く問いかけてくる。それと同時に、先輩女性の右手の親指と人差し指が、乳房の頂上で存在を主張しはじめていた小粒な濃いピンク色の乳首を挟みつけ、クニクニッと弄んできた。

「はンッ！　だ、ダメ……」

キンッと鋭い快感が脳天に突き抜け、腰が切なげに左右にくねった。子宮に鈍痛が襲い、何人《なんぴと》にも犯されたことのない秘孔の奥からトロッとした淫蜜が溢れ出し、あっという間に内腿に垂れ落ちていく。

「すごく感度、いいのね。ねえ、修也を見てごらんなさい。友美が胸を揉まれる姿、食い入るように見てるわよ」

「えっ？」

真帆の言葉に導かれるように、友美は悩ましく上気した顔を椅子に座る少年に向けた。すると真帆の言葉どおり、修也がこちらを凝視していた。

(男性に、高校生の男の子に私、恥ずかしい姿、見られちゃってる)

意識した瞬間、友美の全身がカッと熱くなり、羞恥がいっそう募った。

「イヤ、見ないで、修也くん、ダメ、目をそむけて。っていうか、目隠し、して」

「ごめんなさい。でも、お姉ちゃんにオッパイを揉まれているいまの友美さん、すっごく色っぽくて素敵です」

興奮の色が濃く漂う顔の少年が、鼻息荒く告げてきた。その言葉が友美のなかのオンナを刺激してくる。

「ですって」

悪戯っぽく笑った真帆が、右だけではなく左乳首も弄んできた。背筋を駆けのぼる快感が倍加し、肉洞の疼きがさらに増していく。

「あぁん、先輩、ダメ、こんなの、イヤです。私も先輩の身体に、はンッ、触らせてください」

艶めかしい喘ぎ混じりに、友美は火照った顔を後ろに向けた。トロンッと蕩けた瞳で、憧れの先輩の美貌を見つめていく。するとこの状況に真帆も興奮を誘われているのか、その顔はいままで見たことがないほど悩ましく上気していた。

「やっぱり私も触らせないとダメ?」

「ダメです。私は約束どおり弟さんに、修也くんに裸、見せたんですから、今度は先輩が……。修也くんだって先輩の、お姉さんのエッチな姿、見たいでしょう?」

「えっ? あっ、いや、それは、まあ……」

再び顔を前に戻し修也を見ると、まさか友美から声をかけられるとは思っていなかったのだろう、ビクッと肩を震わせた少年が戸惑いながらも頷いた。

「私が弟に甘いことを知っていて修也を引きこむなんて、可愛い顔をして友美もなかなかに策士ね。でも、それだと修也は目隠ししなくなるけど、いいの？」

「ダメです、目隠しはしてくれないと、あんッ、せっ、セン、ぱい……」

親指と人差し指で摘まれていた両方の乳首をいっぺんにギュッと押し潰され、友美の口からは甲高い喘ぎがこぼれ落ちた。誰にも許したことのない肉洞内で、膣襞が卑猥に蠢き、結果、さらなる淫蜜が溢れ出した。

「まあ、約束は約束だしね」

そう言うと真帆が両手を乳房から離してきた。揺さぶられつづけた性感が小休止状態となり、ホッと息をつくと同時に、快感がなくなったことをどこか残念に思う気持ちもあった。

「修也、悪いけど、目隠ししてあげて。それと、我慢できなくなったら、自分でオチ×チン、こすってもいいのよ」

友美の後ろから横に移動してきた憧れの先輩が、修也に優しく声をかけていく。

「う、うん」

戸惑いながら頷いた少年が素直にアイマスクをしてくれた。直接の視線に晒されなくなったことに、ホッとした思いが湧きあがってくる。

「ふふっ、友美に硬くしたのを見られるの、恥ずかしいんだ」

「それは、そうでしょう」

「まあ、無理にとは言わないけど、我慢できなくなったら遠慮しなくていいからね」

「うん」

年の離れた弟が可愛いとはさんざん聞かされていた。いまの短いやり取りで、真帆が修也を溺愛している一端を垣間見た気がする。それがとてつもなく悔しかった。

「先輩、いまは修也くんじゃなく、私を可愛がってくださいね」

十センチ近く背が高い真帆を潤んだ瞳で見上げ甘えた声を発すると、友美は右手を憧れの先輩の豊乳にのばした。手のひらからこぼれ落ちるたわわな膨らみを、優しく揉みあげていく。ずっしりとした量感と、適度な弾力が心地よく伝わってきた。

「あんッ、とも、美……」

「すごい、これが先輩のオッパイ……。こんな素敵なオッパイを弟さんに好き放題揉ませてたなんて。この乳首も吸わせたりしてるんですよね」

憧れの真帆の乳房に触れたことで幸福感が増していく。右手人差し指の腹でピンク色のポッチを転がしつつ、右乳房の乳首を口に咥えこんだ。ふわっと甘ったるい乳臭が鼻腔をくすぐり、ウットリとした気持ちにさせられてしまう。

「はンッ、と、友美、ダメ、そんな、うンッ、悪戯、しないで」

真帆の口から甘いうめきがこぼれ、腰が小さく揺れたのを友美は見逃さなかった。

(先輩、感じてくれてる。ずっと憧れていた真帆先輩を私が……)

チュパッ、チュパッと乳首をしゃぶりつつ、細い指先で左の肉房を繊細に捏ねあげていく。空いていた左手を真帆の背中にまわすと、なめらかな絹肌を撫でつけ、括れた腰のあたりに這わせていった。

「お、お姉ちゃん、本当にエッチなこと、されちゃってるの?」

「そうよ、お姉ちゃんはいま、修也以外の人に、オッパイ、悪戯されてるのよ」

「あぁ、お姉ちゃん……」

(先輩を感じさせているのは私なのに、まだ弟くんへの意識のほうが強いなんて)

姉弟二人の世界ができあがっていることに、友美は再び悔しさを感じた。唇に含んだ右乳首に思わず歯を立てていく。コリッとした食感に友美の腰も震えてしまった。

「キャンッ! と、友美、嚙んじゃ、ダメよ」

その瞬間、真帆の総身がビクッと震え、友美のショートボブの黒髪がクシャッと掻きむしられた。大好きな先輩の意識がこちらに向いたことににんまりとしつつ、口に含んだ乳首を今度は舌先で優しく舐めまわした。さらに、腰に這わせていた左手をさげ、ツンッと張り出した美臀を撫でつける。乳房とはひと味違う張りに満ちた尻肉の感触に、ゾクゾクッとしてしまう。

「あぅン、はぁ、とも、美……」

切なそうに身をくねらせる真帆の左手が、乳房を吸うためやや後ろに突き出す格好となっていた友美の臀部にのばされてきた。お返しとばかりに尻肉を撫でつけられ、指先が割れ目の端をかすめていく。

「あんッ、せっ、先輩」

濡れたスリットを指先でかすめられただけで、友美の身体は鋭敏な反応を見せた。痺れるような感覚が全身を駆け巡り、思わず乳首を解放してしまう。

「ふふっ、友美のお股、もうグショグショなんじゃないの？」

「そ、そんなことは……」

「だったら、修也に目隠し外させて確認させようか？」

「えっ？　あの、これ、もう外しちゃってもいいの？」

「ダメ！　絶対に目隠し、外さないでよ！　わかった？」

真帆の問いかけに、アイマスクで両目を覆った修也が困惑の声で答えているのを聞いた友美は、それを遮るような声を発した。

「えっ、あっ、はい、わ、わかり、ました。ちゃんと、目隠し、しておきます」

「私の指をヌメヌメしたエッチな体液で濡らしておきながら、私の修也にずいぶんな言い方してくれるじゃないの」

そう言った真帆が、左手中指の指先を見せつけてきた。確かにそこはうっすらと光沢を帯び、触れた部分が湿っていることを示している。その瞬間、友美の顔面が一気に熱くなった。だが、その羞恥の高まりにより吹っ切れた部分も生まれていた。

「でも、あんなに色っぽい声を出していたんだから、先輩もあそこ、濡らしてくれてますよね。確かめさせてください」

「へえ、そう来たか……。いいわ、こうなったら、徹底的に付き合ってあげる。それでどうすればいいの？」

一瞬驚きの表情を浮かべた真帆であったが、ふっと息をつくと試すような眼差しで見つめてきた。

「じゃあ、あのベッドに横になってください。し、シックナインで……」

「友美、あなたなにかのスイッチでも入った？　急に大胆になって。まあ、いいわ」

憧れの先輩が少し気圧された様子を見せたことに、妙な自信のようなものまで生まれてくる。掛け布団を床に落とした真帆がセミダブルのベッドに横たわると、友美は年上美女の顔を跨いだ。ギシッとベッドが音を立てる。

「まさかお姉ちゃん、本当にあそこ、友美さんに舐めさせちゃうの」

「そうよ、修也には我慢させちゃってるあそこを、これから舐められちゃうわ」

目隠しをした少年のかすれ声での問いかけに、真帆が挑発的に返していく。

「あぁ、お姉ちゃん……」

「ダメです、先輩。真帆先輩はいまは私の……」

陶然とした修也の声に被せるように友美は宣言すると、膝をつき、ゆっくりと腰を落としていった。

「わかってるわ。それにしても友美のココ、本当にグショグショじゃない。ふくらはぎのあたりまで垂れてきてるなんて、やっぱりあなたそうとうエッチなんじゃないの。どれだけ興奮してるのよ」

「あんッ、ダメです、そんな恥ずかしいこと、言わないでください」

太腿を撫であげながら発された真帆の言葉に、全身が燃えるように熱くなった。またしても腰が震え、未開の洞窟の奥から新たな淫蜜が溢れ出してしまう。

「でも、友美のココ、少しベージュがかったピンク色をしていて、とっても綺麗よ。

「あっ、あぁ、イヤ、そ、そんな、固く口を閉ざしていて、本当にまだ誰にも許していないのね」

「あ、当たり前です。オトコの人なんて、論ガっィ、あんッ、セン、ぱいッ……」


まったくの不意打ちとして、濡れた秘唇がペロンッとひと舐めされてしまった。初めての快感が背筋を駆けあがり、視界がグラリと揺らめく。

(舐められてる。私のあそこが先輩に……真帆先輩が私にエッチしてくれてる)

ピチャッ、ピチャッと湿った音を立て淫裂が舐めあげられていく。叶わぬ夢だと思っていたことが現実として起こっている事実に、大きな喜びが広がっていった。

「あぁ、先輩、いい、とっても気持ち、いいです。私も先輩のを……」

さらなる快感を欲する本能が腰を前後に揺すり、憧れの先輩の唇に秘唇をこすりつけていく。そして自身も上体を前方に倒していった。お椀形の膨らみが美女の腹部でひしゃげ、屹立していた乳首が押し潰されると、それだけで腰が震えてしまう。

愉悦に顔を歪めながら、友美は開かれた真帆の脚の間に顔を突っこんだ。

(すごい！ これが真帆先輩のオマ×コ……。こんなに綺麗だなんて。でもココに、修也くん、弟の硬くしたモノを迎え入れていたんだわ)

透明感溢れる淫唇のひっそりとした佇まいに、ウットリとさせられてしまった。その表面はうっすらと濡れ、甘酸っぱい性臭を漂わせている。憧れの美女が放つ淫らな香りを嗅ぐだけでも、満たされた気分にされてしまう。だが同時に、この美しい女陰を修也に与えていたことに対する悔しさ、嫉妬が再燃してきた。

「あぁ、先輩のココも、うんッ、濡れてる……。やっぱり感じてくれてたんでッ、はンッ！　せ、先輩、そんな激しく、しないでください。あぁ、ダメ、舌、入れないで……。あぁん、私、ぅンッ、おかしく、なっちゃぅ……」

友美の指摘に真帆はクンニで返してきた。優しくスリットを舐めあげてくれていたものが、突如豹変。尖らせた舌先が、誰のモノにもなっていない淫壺に突き入れられ、細かなバイブレーションとともに入口付近の襞が嬲られていった。自慰では決して味わうことのできない突き抜ける淫悦に、友美の腰が小刻みに痙攣しはじめた。

（ヤダ、これ、すごい。私、もう、イッちゃいそう……。でも、イッたら終わっちゃう。もっと先輩としていたいのに……）

ガクガクと腰を震わせつつ、友美は真帆の濡れたスリットに唇を寄せた。逆さに重なっているため少し舐めにくくはあったが、それでも舌をのばし美しい女肉をペロンッと舐めあげた。

「ンッ、うぅン、はぁ、と、友美……」

「今度は私が先輩を気持ちよくしますから」

ピクッと腰を突きあげた真帆が淫唇から舌を抜き、艶めいたうめきを漏らす。絶頂付近に圧しあげられていた快感が遠ざかったことにひと息つくことができた友美は、反撃とばかりに憧れ美女の女陰に舌を這わせた。

(愛液ってこんな味だったんだ。もっとクセが強くて生臭いのかと思っていたけど、先輩のは甘くてとっても飲みやすい。あぁ、私、これならいくらでも……)

スリットを舐めあげるたびに舌先を襲う甘露に恍惚感が増していく。頭がポーッとし、まるでなにかの中毒症状のようにさらなる淫汁を求め舌を這わせつづけた。

「はンッ、あぁ、うぅん、とも、美……」

切なそうに真帆の腰が左右にくねっている。それが憧れの美女が感じてくれている事実を物語り、友美のやる気を誘った。

「あぁ、お姉ちゃんの声、とってもエッチだ」

ぬめる女肉を舌先でさらに舐めあげていると、上ずった修也の声が耳に届いてきた。真帆の秘唇に舌を這わせつつ上目遣いで椅子に座る少年を見た次の瞬間、友美はギョッとしてしまった。

目隠しこそしてくれているものの、修也はいつの間にか下半身裸になっており、隆々とそそり立つペニスを右手に握っていたのだ。

「キャッ！」

驚きのあまり短い悲鳴をあげ、真帆の上から身体を起こしてしまった。年上美女の顔から腰を浮かせ、横たわる先輩の横に座り修也から視線をそらせた。

3

(えっ!? なっ、なに？)

律儀にも目隠しをしたまま右手で勃起を握っていた修也は、友美の悲鳴にビクッと肩を震わせた。

「あんッ、友美、どうしたのよ、急に……。うふっ、修也ったら、やっぱり我慢できなくなっちゃったのね」

「ごめんなさい、お姉ちゃん、僕、我慢できなくて……」

なにが起こったのかわからない修也は、姉からの問いかけに戸惑った声で答えた。

「目隠しをとって、こっちにおいで。久しぶりにお姉ちゃんがしてあげる」

「で、でも」

真帆が許してくれているとはいえ、友美との約束を破っていいのか判断に困る。

「大丈夫だから、いらっしゃい。お姉ちゃんに修也の硬いの触らせて」

大好きな姉にそこまで言われては拒絶などできない。修也はアイマスクを外し、改めてベッドに目を向けた。真帆の横に座る友美は顔を伏せこちらを見ないようにしている。そして最愛の姉は吸いこまれそうな微笑で頷いてきた。その魅力に抗えるわけもなく、修也は椅子から立ちあがった。足首のところに絡まっていたチノパンと下着を取り去り、真帆の横へと移動していく。

「お、お姉ちゃん……。あの、友美さんは大丈夫、なの？」

手をのばせば難なく触れられる距離にある姉の裸体に興奮を覚えつつ、やはり友美のことが気になってしまう。

「初めて大きくなったオチ×チンを見てびっくりしてるだけだから、平気よ。それにしても、すごいわね、修也。先っぽがもうパンパンになって、エッチなお汁が溢れてるじゃない。ごめんね、いっぱい我慢させちゃって」

悩ましく上気した顔で優しく囁いてきた美姉が、右手をのばしやんわりと肉竿を握りこんできた。少しヒンヤリとしたなめらかな指の感触に、修也の腰が大きく震えた。

ドクンッと強張りが脈打ち、鈴口から新たな先走りが滲み出る。

「ンはっ！　あぁ、おねえ、ちゃン……」

「あぁん、硬いわ、修也。それに前より少し大きくなったみたい、ふふっ、素敵よ」

「あぁ、気持ちいい。お姉ちゃんにこすってもらうと、僕、すぐに……」

真帆の優しいこすりあげに、射精感が一気に迫りあがってくる。

「出ちゃうの？　でも、もう少しだけ我慢して。そうすれば、今日は何度でも、修也が満足するまで、お姉ちゃんが気持ちよくしてあげるから」

蠱惑の微笑みでそう言った美姉が、強張りを優しくこすりあげつつ、その視線をうつむいたままの友美へと向けていった。

「ねえ、友美も修也のこれ、触ってみない？　とっても硬くて、熱いのよ。それにこうしてこすってあげているだけで、こっちのあそこまでムズムズしてくるわ」

「えっ、いや、そんな、私は……」

真帆の言葉に戸惑いの声を発した友美が、チラッとこちらに視線を向けてきた。不安感を漂わせた眼差しに、修也の腰がぶるっと震えてしまった。

「別に無理にとは言わないわ。私だって可愛い弟のモノを、無闇にほかの女に触ってほしくはないもの。でも、友美なら……。これからのことを考えても、少しくらい触った経験があっても損はないと思うの。それに、修也なら信用できるわよ」

「ちょ、ちょっと、お姉ちゃん」

「ごめんね、修也。悪いんだけど、少しだけ協力して。そうすれば、そのあとは修也の好きなだけ……ねッ」

友美同様に困惑を覚えた修也に、美姉は優しくも艶めいた眼差しを返してきた。またしても腰が震え、ペニスが跳ねあがった。

「で、でも、お姉ちゃん、僕、限界、近いんだけど……」

「我慢できないの？」

「いま、必死にしてるところだよ。でも、さっきからお姉ちゃんと友美さんのエッチな声を聞いていろいろ想像しちゃってたから、本当にもう……」

「しょうがないわね」

そう言うと、真帆はベッドの縁に腰をおろす体勢となり、完全に修也に向き合う格好となった。そればかりか、右手をたわわな左乳房へと導いてくる。手のひらからこぼれ落ちる膨らみの、ムニュッとした柔らかさと弾力がありありと伝わってきた。

「あぁ、お姉ちゃんのオッパイ。本当に久しぶりだ。大きくって柔らかいのに、しっかりと指を押し返してくる弾力も強くて、ほんと、気持ちいい」

姉弟相姦が断たれて以降、堪能させてもらっていた熟れ義母の豊乳とは違う触り心地に、一気に恍惚感が増していった。

「あんッ、お姉ちゃんも修也に久しぶりに触られて、うンッ、気持ちいいわ」

ふっくらとした唇から甘いうめきを漏らす真帆が、手淫の速度をあげてきた。クチュッ、クチュッと先走りが姉の指と絡み合う淫らな摩擦音が大きくなっていく。

「くッ、うぅぅ、はぁ、おねえ、ちゃん……」

(出ちゃう! でも、もうちょっと、このままで……)

射精の瞬間を待ち侘びる欲望のエキスが、陰嚢内を暴れまわっている。だが真帆が施してくれる久しぶりの快感に、簡単に出してしまうのがもったいなく感じられていた。そのため、必死に射精感と戦いながら、最愛の姉の美巨乳を揉みこんでいく。

「ほら、どうしたの、我慢しなくていいのよ。修也の白いのが出るところ、お姉ちゃんに見せて」

「あ、あの、真帆、先輩」

艶然と微笑む真帆が左手を亀頭にのばしかけた直後、友美がかすれた声をあげた。すると、姉の左手がすっと引っこめられ、右手のしごきあげも弱まった。突き抜けかけた射精感に余裕が生まれ、修也もホッと小さく息をついた。

「どうしたの、友美。やっぱり、触ってみる気になった?」

「えっ、あっ、は、はい」

（さっきまで見るのも嫌がっていたのに……。友美さんはよくわからないや）

試すように問いかける姉に、頬を赤らめ頷く友美。それを目の当たりにして修也は小さく驚きの声を発した。

「えっ⁉」

「修也、本当にもう少しだけ我慢して。あと、ほら、胸からも手を離して。また好きなだけ触らせてあげるから。さあ、友美、こっちにいらっしゃい」

ペニスの根元をグッと握りこんできた真帆に目を見張っていると、姉は修也の右手を乳房から離させ少しだけ左に移動し、空いた部分に後輩女子を招いた。

お椀形の膨らみをぷるんっと揺らしながら、友美が美姉の横に腰をおろす。チラッと強張りに向けられた瞳には躊躇いが見て取れる。

「右手をのばして、優しく握ってあげて」

「は、はい」

上ずった声をあげた友美がおずおずと右手をのばしてくる。一瞬、手を引っこめかけつつも、肉竿の中央付近を握ってきた。直後、根元を締めつけていた姉の手が離された。一気に駆けあがりそうな射精感を、修也は肛門を窄めなんとかやりすごす。

「か、硬い……。それに、こんなに、熱い、なんて……。それに、なんかピクピクしてるし、指がヌルヌルに……」

かすれ声で驚きを口にした友美が、姉の動きをまねるようにこすりあげてきた。初めてで力加減がわからないのか、徐々にペニスを握る手の力が強まり、握り潰されるのではないかという恐怖が這いあがってくる。

「クッ、あっ、あぁ、友美、さん……。もう少しだけ、力、抜いてもらえますか」

「えっ、あっ、ごめんなさい。あの、これくらいなら、いい？」

修也の言葉にハッとした様子で右手の力を抜いた友美が、不安そうに揺れる瞳でこちらを見つめてきた。その頼りなく弱々しい感じに、背筋がゾクゾクッとする。ペニスも小刻みに跳ねあがり、刻一刻とその瞬間が迫る。

「あっ、は、はい、大丈夫、です」

友美の不安が伝播《でんぱ》したように、修也の声も自然と上ずっていた。

「なに修也まで緊張してるのよ。いい、友美、そのままこすりながら張り出した先っぽのほうも指先でくすぐってあげてみて、そうしたらこの子、悦ぶから」

「えっ、ちょ、ちょっと、おねェ、くはッ、あぅ、あぁ……」

悪戯っぽい目をした真帆の言葉に文句を言おうとした矢先、肉竿をぎこちなくしごきあげていた友美の右手の指が亀頭へとのび、親指から中指にかけての腹で張りつめた粘膜をさすりあげてきた。脳天に鋭い快感が突き抜け、視界が一瞬霞んでいく。

「き、気持ちいいの？　これ？」

「は、はい、気持ち、いいです。あぁ、ごめんなさい、僕、本当にもう、ンくっ、出ます。はぁ、でッ、出ちゃうううぅッ！」

不思議そうな顔をした友美に激しく首肯を返した修也は、姉の後輩女性の爪先で亀頭を嬲られた瞬間、頭が真っ白となった。激しく腰が突きあがり、こらえにこらえていた白濁液が一気に迸り出ていく。

「キャッ！　なに、これ、いや、す、すごい熱い……ヤダよ、そんな顔に、かけないで……。あぁ、変な匂いで頭、ポーッとしちゃう……」

勢いよく噴きあがった欲望のエキスが、正面に陣取る友美の顔を直撃していた。

「ご、ごめんなさい、友美さん。でも、ずっと我慢していたから、止まらないです」

頬や鼻筋を直撃した精液を拭おうともせず呆然としている友美に対し、申し訳ないと思いつつも射精の脈動が止まることはなかった。徐々に勢いを失った吐精は、頬から顎へ、そして鎖骨付近、お椀形の乳房へと汚す対象を変化させていく。

「もう、ダメでしょう、修也。友美はこういうこと初めてなんだから、こういう自分勝手なことしてると、将来モテないわよ」

「はい」

真帆の諭すような言葉に、修也は小さく頷き返した。だが内心（お姉ちゃんさえいてくれれば）の思いが浮かんでもいた。しかしそれは、実姉からの卒業を望む義母の期待を完全に裏切ることでもあり、友美もいるところで口にすることでもなかった。

「ごめんね、友美、ウチの修也が粗相をして」

そう言うと真帆は、初めて浴びた精液とその匂いにあてられ固まっている友美の顔を両手で挟むと、舌を突き出し、頰に付着した粘液を舐め取りはじめた。

「ハッ！　せ、先輩……」

友美の意識がそれで引き戻されたのか、ビクッと肩を震わせると、とたんに恍惚顔となった。その間に姉は後輩女子の鼻筋を舐めあげ、次いで唇、顎、鎖骨付近へと舌を這わせ、ついにはお椀形の膨らみへと到達していた。

「あんッ、先輩、うぅン……」

真帆の唇が濃いピンクの突起の周囲を舐めあげたとたん、友美の顔はさらに艶めき悩ましい喘ぎをこぼした。

「お、お姉ちゃんが友美さんに飛び散った僕のを、ゴクッ、舐めてるなんて……」

声で妄想するしかなかった女性同士の絡みを、今度は直接見せつけられた修也のペニスが再び漲り、亀頭先端から精液の残滓を滴らせた状態で完全復活した。本能的に右手がペニスへとのび、欲望のエキスでぬめる肉竿を握ってしまう。

「ンはぁ、ダメよ、修也、自分で弄《いじ》っちゃ。お姉ちゃんが綺麗にしてあげる」

友美に飛び散った精液を舐め取った美姉が、悩ましく上気した顔で艶然と微笑むと修也の前で膝立ちとなった。躊躇いもなく右手で強張りを握ると、ふっくらとした唇を精液の残滓でコーティングされた亀頭に近づけ、パクンッと咥えこんできた。

「くはッ！　あぅ、あぁ、お、おねえ、ちゃん……」

射精から間がない敏感な粘膜に絡みつく生温かな舌の感触に、修也の腰が跳ねあがり、張りつめた亀頭で姉の上顎を叩いてしまった。

「うむっ、むぅん……チュバッ、チュパッ、クチョッ……」

鼻から苦しげなうめきをあげつつ真帆の首が前後に動き、ペニス全体を柔らかな唇でこすりあげてくる。舌は亀頭に絡みつき、白い粘液を舐め取ってくれていた。

「ダメです、先輩。そんな汚らわしいモノを口に入れるなんて……」

いまだに目元を蕩けさせていた友美が、悲しげな声をあげ首を左右に振っている。

（見られてる！　お姉ちゃんの口に咥えこまれているのを友美さんに……。実の姉弟でエッチをしている現場をモロに……）

背徳感が一気にこみあげてきた。それが、姉がもたらしてくれる快感を倍加させ、射精衝動を突き動かしてくる。

「ンほぅ、あぁ、お姉ちゃん、ダメ、僕、また……」

軽くウェーブのかかったミディアムショートの黒髪に両手を這わせ、指を絡めていく。腰に小さな痙攣が起こりはじめ、二度目の絶頂が急速に近寄ってくる。

「ンぱぁ、はぁン、ダメよ、修也。まだ、出さないで。お姉ちゃん、さっきからずっとあそこがムズムズした状態なんだから、久しぶりに修也ので気持ちよくして」

フェラチオを中断した真帆が立ちあがり、隣のベッドに移動すると、掛け布団を床に落とし、四つん這いの姿勢を取ってきた。

「お、お姉ちゃん！」

射精寸前のペニスを抱えた修也は姉の媚態に驚愕の声をあげてしまった。だがその目はしっかり、晒された真帆の淫裂に注がれている。透明感溢れるひっそりとした秘唇は溢れ出した蜜液でしとどに濡れ、刺激を欲する膣穴をかすかに開かせていた。

（すごい！　まさかお姉ちゃんがこんな大胆に……。友美さんとのエッチで本当にそうとう高まっちゃってるのかも。じゃなかったら、ここまであからさまには……）

ふだんから修也に対しては激甘な姉ではあったが、ここまでオンナの欲望を前面に押し立てられたことはなかった。それだけに、真帆の渇望具合がよりいっそう強調されたようにみえる。

「ねえ、来て、修也。お姉ちゃんのココ、修也が満たして」

左手一本で上体を支え右手を下腹部へとのばした姉が、くぱっと器用に秘唇を開いて見せた。トロッとした淫蜜が溢れ出し、入り組んだ膣襞の蠢きが飛びこんでくる。

「あぁ、お姉ちゃん……」

陶然とした呟きを漏らし、修也は美姉が四つん這いとなるベッドにあがると、美臀の正面で膝立ちなった。淫唇のテカリ具合と甘酸っぱい媚臭の濃厚さがより顕著に感じられ、背筋がゾクゾクッと震えてしまう。

(本当にまたお姉ちゃんと……。お義母さんの心配が的中しちゃったけど、でも……)

我慢できるはずもなかった。修也は右手で漲るペニスを握り、美しい姉の秘唇に張りつめた亀頭先端を向けた。

「ま、待ってください！　やっぱり、ダメです。姉弟でそんなこと……。先輩の綺麗なあそこに、そんな大きくてグロテクスなモノが入るなんて、絶対にダメ」

「そ、そんなこと、言われても……」

突然待ったをかけてきた友美に、修也は困惑の表情を浮かべた。

「いいのよ、修也、いらっしゃい」

「修也くん、ダメ！　お願いだから、ヤメテ。先輩の代わりに、わ、私が気持ちよくしてあげるから、だから……」

「えっ！」

表情に快感の残照を残しながらも、どこか思いつめた顔をした友美の言葉に、姉弟の口から同時に驚きの声が漏れた。

「と、友美さん、いったいなにを、言っているんですか？」

まったく予想だにしなかった言葉に完全に動きが止めた修也は、まじまじと姉の後輩女性を見つめていった。

「そうよ、友美、あなた、なにを言っているのかわかっているの？」

四つん這いから後輩女子と改めて向き合う体勢となった姉も、どこか心配そうな顔で問いかけていく。

「も、もちろん、わかっています。先輩に代わって私が修也くんの相手を……」

「でも、あなた、経験ないんでしょう？　ああ、そうか、オトコに興味はあるのね」

「ち、違います！　私は先輩一筋です。ただ、姉弟でこんなこと許されないことですから、だから、代わって、わ、私が……」

真帆の茶化すような言葉に、友美がムキになったような反論を返した。その顔は真剣であり、決していい加減な気持ちではないという決意が見て取れる。

（なんか、お義母さんも同じようなことを言って僕と……。お義母さんはお姉ちゃんを卒業させるために、っていう理由だったけど、友美さんの場合はお姉ちゃんが男に抱かれるのを嫌悪する気持ちが強いんだろうなあ、それにしてもムチャクチャだな）

憧れの先輩が男に抱かれるのを阻止できるのなら、自らの処女を差し出すこともいとわないという発想が、重たすぎて修也には理解できなかった。

「ふう、そう、わかったわ。じゃあ、代わってもらおうじゃないの。修也、友美からの処女のプレゼント、ありがたくもらっておきなさい」

「いや、ちょっと、お姉ちゃん、それはさすがに……」

どこか疲れたような、それでいて少し状況を楽しむような顔をした姉に、修也は躊躇いの言葉を返した。

「あとでお姉ちゃんもしてあげる、っていうか、お姉ちゃんがしてほしくてたまらない状態なんだってこと、忘れないで。早くすませて私の膣中に還っていらっしゃい」

耳元で甘く囁かれた刹那、修也の腰が妖しく震えた。相手は誰でもいいから早く解放しろと強張りが跳ねあがり、トロッとした粘液が鈴口から漏れ出した。

「わ、わかったよ。あの、友美さん、本当にいいんですね？　大切な初めてを、こんな理由で僕なんかと……」

大きく息をついた修也は、再び友美がいるベッドに移動し再確認を取った。

「え、ええ、いいわ。修也くんのそれ、わ、私がしっかりと、先輩とはもうする気が起きないくらいに満足させてあげる」

「あら、それって私のあそこよりも自分のほうが具合がいいっていってるのかしら？　だから、自慢のあそこで修也を骨抜きにできるって」

「いえ、あの、私は決してそんなつもりでは……」

少しムッとしたような声を出した真帆に、友美が慌てて首を左右に振っている。

「まあ、それを決めるのは修也だから、別にいいけどね。それより、あなたは早く横になりなさい。修也はさっきからずっと我慢してるんだから」

「は、はい」

口調を和らげた姉に頷くと、友美はベッドの上であおむけとなった。オンナとしての本能がそうさせるのか、言われる前に膝を立てるようにして脚を開き、迎え入れる体勢を整えてくる。

「修也、ちゃんと優しくしてあげてね」

「う、うん、頑張る」

経験のない相手とするのは初めての修也は、緊張で上ずった声で返事をすると、開かれた友美の脚の間に身体を入れた。

「あっ、すっごい、友美さんのあそこ、ほんとにグショグショだ」

目に飛びこんできた秘唇は、真帆が言っていたとおり、すでにぐっしょりと濡れ、スリットだけではなくその周辺も艶めかしい光沢を放っていた。だが、卑猥な印象はまったくない。美姉に負けないほど綺麗なピンク色をした秘孔は、しとどに濡れてなお何人の侵入も拒絶するかのように固く口を閉ざしている。

「イヤ、見ないで。私のそこを見ていいのは、先輩だけなんだから。しゅ、修也くんは早く、その硬くしているモノを満足させればいいのよ」

恥ずかしいのか、それとも本当にいやがっているのか、顔をそむけた友美が素っ気ない口調で返してくる。困惑を覚えながら姉に視線を送ると、真帆が大きく頷いた。

それに頷き返した修也は、M字開脚によって生まれた友美のふくらはぎと裏腿の隙間に膝を入れるように腰を進めていった。さらに一段、可愛い系美女の脚が左右に開かれ、口を閉ざした淫裂がよりあらわとなる。ゴクッと生唾を飲み、修也は右手でペニスをしっかりと握ると、張りつめた亀頭はスリットに向けた。

「い、挿れますよ。あの、痛かったら、すぐに止めますから」

「い、いいから、好きにして」

(なんかこれじゃ、僕が友美さんを無理やりしてるような気にさせられるよ)

顔をそむけたままの友美に後ろめたさを覚えつつ、さらに腰を進めていく。クチュッと亀頭が秘唇表面を軽くこすると、それだけで粘つく接触音が起こった。

「あっ」

ピクッと腰を震わせた友美の口から頼りない声が漏れ、ギュッと両目をつぶり、全身を強張らせたのがわかる。

「友美、力を抜いて。大丈夫だから。私もそばについているから」

「せ、先輩」

隣のベッドからこちらのベッド脇にやってきた真帆が、後輩女子の手を優しく握った。すると、すでに涙目の友美がすがるような眼差しを姉に向けていく。一瞬こちらに視線を送った美姉が小さく頷いたのを見て、修也は改めて挿入に挑んだ。

右手に握る強張りでヌチョつく女肉を撫でつけながら、閉ざされた膣口を探っていく。クチュッ、ニュチュッと粘音がするたびに、射精感も確実に上昇してくる。

奥歯を噛むようにして迫りあがる衝動を抑え、さらに数度、亀頭による探索をつづけた。すると次の瞬間、ンヂュッとくぐもった音を立て亀頭先端が淫唇を割った。

「ッハッ！」

友美が息を呑み、再び身体が強張ったのがわかる。

「い、挿れますね」

「好きにしてって言ってるでしょう。遠慮せずに、一気に奥まで挿れればいいのよ」

かすれた声で語りかけると、強がりとしか思えない言葉が返され、ぷいっと再び顔をそむけられてしまった。

（わかったよ、それがお望みなら、遠慮なく一気に挿れてやる）

「わかりました。じゃあ、本当に遠慮なく、い、イキます！」

友美のあまりの態度に少しカチンときていた修也は、そう宣言すると勢いよく腰を突き出した。強烈な締めつけとともにペニスが蜜壺に嵌まりこんでいく。

「ンがっぅ！　いっ、痛ったい！　イヤ！　痛いの、あッ、あぁぁぁぁぁ……」

友美の両目がカッと見開かれた。想像を絶する激痛。異物によって膣から身体が二つに裂かれてしまうのではないかという恐怖が全身に伝播していく。

(硬くて、熱いので、あそこが串刺しにされてる。イヤッ！　遠慮せずにって言ったのは私だけど、でも、こんな痛いなんて……)

目から涙が溢れ、呼吸が速くなっていく。真帆の代わりは自ら望んだこと。破瓜《はか》の痛みも覚悟はしていた。しかし、ここまで激烈なものだとは思っていなかったのだ。

「落ち着いて、友美。大丈夫だから。ゆっくり深呼吸して。修也、絶対にいま動いちゃダメよ」

「わかった、っていうか、友美さんの膣中、とんでもなくキツキツで、僕のが完全に絡め取られちゃった感があるよ」

すぐ真横にいる先輩の声もそれに答えている修也の声も、どこか遠くに感じられる。それでも言われたとおりに小さな深呼吸を数度繰り返すと、徐々に落ち着きが戻ってきたのがわかる。だが、依然として下腹部の異物感、圧迫感は消えず、圧《お》し開かれた肉洞には痛みがあった。

「せ、せん、ぱい」

「大丈夫？　おめでとう、これで友美も立派な大人のオンナよ」

「でも、すっごく痛いです。それに、膣中でピクピクしていて変な感じです」

優しく微笑みかけてくれる真帆に、友美は泣き笑いの顔で返していった。

「ごめんなさい。でも、友美さんの膣中、本当にすっごくキツくて、締めつけも強烈だから、気を抜いたらその瞬間に僕、出ちゃいそうで……」

「えっ？　膣中はイヤよ！　出すときは絶対に、外に」

修也の声にハッとした友美を、自身を貫いた初めての男に視線を向けた。すると年下の少年は切なそうに顔を歪め、必死になにかを耐えている様子だった。

「大丈夫よ、出すときはちゃんと抜かせるから。それより、わかる？　友美の膣中がとっても気持ちいいから、修也は懸命に射精を我慢してるのよ。可愛いでしょう」

「は、はい」

可愛いかどうかはさておき、根元までペニスを挿入したまま腰を振ることなく、射精衝動と戦っている修也の様子を見て、心に少し余裕が生まれたのがわかる。

(本当に私、真帆先輩の弟と……。まさか初体験の相手が高校生の男の子になるなんて思わなかったな。でも、これも私が望んだことだもんね)

「いいよ、修也くん。膣中に出さないって約束してくれるなら、動いて、いいよ」

「ありがとうございます。じゃあ、あの少しだけ。辛かったら言ってくださいね」

上ずった声でそう言うと、修也がゆっくりと腰を振りはじめた。強引に広げられた肉洞からペニスが抜き差しされると、絡みつく柔襞もいっしょに淫壺内を上下し、ひりつくような痛みとともに、それまで味わったことのない身体の奥から痺れるような快感が背筋を駆けあがった。

「あんッ、うぅん、うぅぅ……」

「あぁ、すっごい、動かすと、友美さんの膣中がさらにキュンキュン、締めつけてくるぅ……。はぁ、大丈夫ですか？　苦しかったら、少し緩めますけど」

「いいの、つ、つづけて、大丈夫、だから」

修也の気遣いに、友美は首を左右に振った。確かにいまだ鈍痛はつづいている。しかし、挿入直後の激痛に比べればたいしたことではなかった。それに、ペニスで膣襞をこすられることによる気持ちよさに、徐々に身体が反応しはじめていた。

「どう、友美、修也のは気持ちいい？」

「わ、わかりません。ただ、少しずつ慣れてきている気はします。あぁンッ、膣中をこすられると、身体中に痺れるような感覚が、はンッ、嘘、また大きく……。本当にあそこが裂けちゃいそう。修也くん、もしかして、出ちゃいそうなの？」

囁かれた真帆の問いに答えていると、膣内の強張りがビクンッと跳ねあがり、その体積がさらに増したのがわかり、思わず目を見開いてしまった。

「は、はい。友美さんのココ、本当に気持ちいいから、僕……。でも、まだ、あと少し、我慢できます。だから、友美さんも、くっ、気持ちよくなってください」

愉悦に顔を歪めながらも友美を案ずる様子の少年が規則的に腰を動かし、クチュッ、ニュチュッと摩擦音を立て、いきり立つ肉槍で膣襞をこそげあげてくる。

「そうよ、友美。修也はちゃんと約束を守る子だから、絶対に出すときは抜くから安心なさい。そしていまは、あなたが気持ちよくなることだけ考えて」

艶っぽい微笑みを浮かべた真帆が横から右手をのばし、強張りを出し入れされるたびに、ぷるんぷるんっと弾むように揺れている右乳房を優しく揉みこんできた。

「あんッ、せ、先輩……」

新たな快感に背筋がゾクッとし、腰が小さく跳ねあがった。

「うわッ、くっ、はぁ、締まる！　お姉ちゃんがオッパイに触った瞬間、友美さんのココ、さらに強く……あぁ、ダメだ、こんな強烈に締めあげられたら、僕……」

愉悦の声をあげた少年のペニスが膣内で小刻みに震え、張り出した亀頭がさらにグッと膨張し、膣襞を圧迫したのがわかる。そのさらに膨らんだ先端で柔襞をしごかれると、友美の脳天に鋭い快感が突き抜けていった。

「はぁン、すっごい、また大きく……。ダメ、それ以上大きくされたら、本当に私のあそこ裂けちゃう。あぁん、イヤ、なんか、腰、浮いちゃいそう……」

「いいのよ。それはあなたが感じている証拠。そのまま快感に身を委ねちゃいなさい。ほら、私ももっと協力してあげるから」

「ンはぅッ！　あぁ、せ、せん、ぱいッ！　ダメ、そんな乳首、はぁ～ン……」

優しく右乳房を捏ねまわしていた真帆の指先が、球状に硬化した乳首を摘まみ、クニクニッと弄んでくる。その瞬間、痺れる愉悦が駆け巡り、膣からの刺激と合わさって一瞬、視界が白く霞んでいった。

「くっ、おぉ、友美、さん……。僕もオッパイ、触りたいです」

「そんな、修也くんまで、うンッ、はぁ、だ、ダメぇ……」

射精感を耐えるように絞り出した声をあげた修也の右手が、左乳房に被せられた。腰を小刻みに振りペニスで肉洞を抉りこみながら、弾力豊かな膨らみが捏ねあげられていく。

「あぁ、友美さんのオッパイ、お姉ちゃんの同じように、弾力が強いよ」

「ほんとに？　先輩のオッパイと同じ感じ？」

「はい。お姉ちゃんと同じように大きいし、気持ちいいです」

憧れの先輩と同じと言われたことで、友美の頬が緩んでしまった。直後、膣内の襞きに変化が生まれ、膣襞がそれまで以上に積極的に強張りに絡みついていった。

「うはッ、す、すっごい。友美さんの膣中、一気に変化が……。おとなしかったウネウネがエッチに絡みついてきて……。はぁ、出るッ! 僕、もう……」

かすれた声をあげた修也が腰の振りを強めてきた。それまでの労《いたわ》るような優しい律動から一転、ズンズンッと力強くペニスが打ちこまれてくる。グチョッ、ズチョッと卑猥な粘音が大きくなり、積極性の生まれた若襞が勢いよくこすりあげられていく。

「イヤ、ダメ、修也くん、激しいよ。そんな思いきりされたら、私のあそこ、うンッ、壊れちゃう。なッ、なに? なにか来る! イヤ、こんなの知らない……」

身体の奥から突きあがってくる未知なる感覚に、恐怖を覚える。だが肉体はそれを欲するかのように、柔襞を積極的に初めての硬直に絡みつかせていく。

「頭で考えず、流れに身を委ねなさい、大丈夫だから」

右乳房を優しく揉み、乳首を転がしてきていた真帆が耳元で囁いてくる。愉悦に蕩けながらも不安げな眼差しを向けると、憧れの先輩の顔が急接近してきた。そのまま唇が柔らかな朱唇と重なり合った。

(えっ!? キス? 真帆先輩が私にキス、してくれてる!)

恍惚感が迫りあがり、ふっと身体が弛緩する。だが、蜜壷だけはいまだ貪欲に蠕動しつづけ、快感を享受しつづけていた。

「出るよ！　友美さん、僕、本当に、もう……」

修也の腰の動きがさらにスピードを増した。激しく柔襞がしごきあげられ、鈍痛と快感が入り乱れていく。未知なるものが一気に突き抜け、頭が真っ白になる。

「ンはぁ、なに、あんッ、はぁ、来るッ！　あぅン、なにかが来ちゃうぅぅぅッ！」

真帆からのキスが解かれた瞬間、強引に圧し広げられていた肉洞からも刺激が消え、腰が宙に放り出される感覚が襲いかかった。直後、腹部から胸にかけて、熱い粘液が浴びせかけられた。

（あぁ、熱い！　お腹と胸に、熱いのが、修也くんの精液、かけられてる）

ビクン、ビクンッと腰が断続的な痙攣を起こし、ポッカリと口を開けた淫唇からはあるべきモノを失った違和感が漂っていた。

「ごめんなさい、友美さん、僕、最後、我慢できなくて強く……。大丈夫ですか？」

「え、ええ、大丈夫、よ」

修也の気遣うような声がやけに遠く感じられる。それに対して友美は、いまだ宙に浮いているような感覚のなかをさまよいながら、無意識な返答をしていた。

4

「ねえ、修也。来て。お姉ちゃん、本当にもう限界よ」

弟が後輩の肉洞からペニスを引き抜き、友美の腹部に射精したのを目の当たりにした真帆は、鼻腔をくすぐる濃厚な性臭に腰を妖しく震わせると、隣のベッドで再び四つん這いとなった。

高まったまま放置されつづけた蜜壺内では、刺激を欲する柔襞が卑猥な蠕動をつづけ、常に新たな蜜液を滲み出させている。

「お、お姉ちゃん……」

「お願い、修也。お姉ちゃんもずっと我慢していたの。だから、まだ大きな修也のそれで、お姉ちゃんのこと、満たして。ねッ」

「う、うん」

絶頂の余韻を引きずる顔をこちらに向けた修也の喉が、ゴクッと音を立てた。精液と血液混じりの愛液に濡れたペニスがピクッと震え、その硬度を再び高めたのがわかる。

弟は少しおぼつかない足取りでベッドをおりると、床に落ちていたバスタオルで強張りをひと拭いし、こちらのベッドにあがってきた。

「す、すごい、お姉ちゃんのココ、さっきよりさらに濡れてるみたいだ」

「だって、ずっとお預けだったのよ。その上、修也と友美のエッチも見せつけられて、ほんと辛かったんだから」

(ヤダ、私ったら、なにを甘えたような声を出してるのよ。これじゃあ、修也が私を求める以上に私が弟とエッチしたがってるみたいじゃない)

快感を求める肉体が悩ましくヒップを左右に振らせ、弟を誘いこんでいく。あまりに淫らな自身の姿に、真帆の全身がカッと熱くなった。

「まさかお姉ちゃんが、こんなエッチに誘ってくれるなんて……。ほ、本当にまた、いいんだね」

「ええ、いいわ。お姉ちゃんを修也のモノにしてくれていいから、早く」

「あぁ、お姉ちゃん……」

ウットリとした呟きを漏らし、修也の左手が真帆の括れた腰を摑んだ。熱いその手の感触だけで、腰がゾクッとしてしまう。直後、たっぷりとぬかるんだ秘唇に亀頭先端がヂュッと粘つく音を立て接触した。ようやく満たされることを悦ぶように子宮が震え、入り組んだ膣襞のざわめきが大きくなる。

「はンッ、修也、来て。そのまま一気に膣奥まで、修也で満たして」

「うん、イクよ、お姉ちゃん」

弟の左手に力がこもった直後、ニュヂュッとくぐもった音を立て、背徳のペニスが膣内に侵入してきた。

「ンあっ！　あっ、あぁ〜ン……」

入り組んだ膣襞を掻き分けるように押し入ってくるペニスに、快楽中枢が一気に揺さぶれた。待ち侘びた刺激の到来に膣襞が悦びの舞を演じ、弟の逞しいペニスに絡みついていく。

（あぁん、修也のがまた、入ってきた。すっごい、本当に前より逞しくなってる。私とできない間、お義母さんとそれだけしていたってことよね）

約ひと月ぶりの性交。修也のペニスの成長を実感すると、複雑な思いが胸をよぎった。だが、それがさらに性感を煽るスパイスとなり、柔襞がキュンキュンとわななきながら強張りを膣奥へと誘いこむ動きを誘発する。

「おぉぉ、すっごい。やっぱりお姉ちゃんの膣中、最高に気持ちいい……」

「修也のも素敵よ。ねえ、最初から、思いきり、来て。出したくなったら、そのまま膣奥に出していいから、だから、お姉ちゃんを気持ちよくして」

(はぁン、本当に私のほうがおねだりしちゃってるなんて……。でも、ダメ、一刻も早く修也ので感じさせてもらわないと、おかしくなっちゃいそう)

「わかった、じゃあ、イクよ」

右手も腰へ這わせてきた修也が、力強く硬直を叩きこんできた。ズチョッ、グチュッと粘つく相姦音に、パンパンッと腰が双臀にぶつかる乾いた音が混ざり合う。子宮が前方に押し出される感覚が襲い、鋭い喜悦が脳天でスパークを起こす。

「あんッ、いいわ、修也、その調子よ、そのままもっと……」

「ああ、先輩……。そんなの、ダメ、なのに……」

初めての性交で腰が抜けたようになっている友美が、潤んだ瞳をこちらに向け、どこか悲しそうな表情を見せた。

「ごめんね、友美。でも、私、この子が、はンッ、弟の修也がやっぱりいいの」

「おぉぉ、お姉ちゃん！ 渡さないよ。友美さんだけじゃなく、誰にもお姉ちゃんを、くッ、ずっと、僕だけの……」

膣内のペニスを跳ねさせた修也がかすれた声で宣言すると、さらに腰の律動を速めてきた。卑猥な相姦音がさらに高まり、蠢く膣襞が激しくこすりあげられていく。

「あぁん、いい、お姉ちゃんもう少しで……。はぅン、そのまま膣奥に、修也の熱いのちょうだい！」

（姉弟でいけないことだけど、それでも私、やっぱり修也のことが……）

溺愛してきた弟がかけがえのない一人の愛しい男性に変化していることを自覚しながら、真帆は悩ましくヒップを左右にくねらせ、禁断の白濁液をおねだりしていくのであった。

第五章　肉欲連鎖の相姦ハーレム

1

「う、う～ん」

裕美子が目を覚ましたとき、閉められたカーテンを透かして明るい日差しが室内に差しこんでいた。二つ並んだセミダブルのベッドの間に設置されたナイトボード、その天板に置かれたデジタル時計を見ると、午前九時四十分になろうとしている。

(ヤダ、寝すぎちゃったわ。グズグズしていたら、真帆さんがこちらに着いちゃう)

上体を起こし、自身の右隣に視線を向けると修也の寝顔が飛びこんできた。

(満足した顔しちゃって。あんなに何度もお義母さんの身体を求めるなんて、いけな

い子なんだから）

眠っているとまだあどけなさも残る義理の息子に、裕美子の頰が自然と緩んだ。

季節は八月中旬。修也の通う予備校の夏期講習は八月上旬で終了していたため、一週間前から軽井沢の別荘を訪れていた。しかし、当初から二人だったわけではない。昨日、先に帰京するまで夫もいっしょであった。そのため、修也と二人ですごすのは昨晩からであり、それだけに昨夜は何度も身体を求められていたのだ。

優しい眼差しで息子を見つめ、裕美子は右手でその髪を優しく撫でつけた。

「うっ、う、うぅん……んっ？　あれ、お義母さん？　おはよう」

「ごめんね、起こしちゃったわね。でも、ちょうどいいからもう起きなさい。グズグズしていると、真帆さんが来ちゃうわよ」

「えっ？　もうそんな時間？」

寝ぼけ眼《まなこ》で身体を起こした修也に裕美子は身体を少し前に出した。すると息子は、義母の背中側に身を乗り出すようにして、デジタル時計に視線を走らせていく。

「九時四十分か、よく寝た」

身体を戻した修也が両手をまっすぐ上にのばし、大きくのびをする。そのまま左右に腰をひねると、ゴキゴキと音が鳴ったのが聞こえてくる。

「さあ、起きましょう」

裕美子がベッドから出ようとした直後、修也に右手首を摑まれてしまった。

「どうしたの、修ちゃん」

「起きる前にもう一度、お義母さんのオッパイ、欲しい」

「なに言ってるの。昨夜さんざん、お義母さんの胸揉んだり吸ったりしてたくせに」

「だって、昨日はすごく久しぶりだったし……。それまではお父さんもいたから……」

甘えた声で言われると、裕美子の母性がいやでも反応してしまう。修也と肉体関係を持つようになってからは、さらにその傾向が強まったように感じる。

(もともとは真帆さんとの関係を卒業させるためのものだったのに、最近は単純に修ちゃんを甘やかしているだけになってしまっている気がするわ。それに注意は払っているけど、こんな最悪な裏切り行為、もしあの人にバレたら……。でも……)

泥沼に嵌まりこむ危険性と家庭崩壊の可能性を感じながらも、悦楽を求める熟れた肉体が息子によって満たされているのも事実であるだけに、複雑な心境であった。

「お姉ちゃんが来る前に少しだけだから、いいでしょう」

「高校生になっても母親のオッパイを欲しがるなんて、修ちゃんをほんと甘えん坊さんね。本当に少しだけよ」

（この私の甘さが悪いのよね。それはわかっているつもりだけど、でも……）

「うん、ありがとう、お義母さん」

我ながら甘いと感じながらも、パッと顔を輝かせた修也を見ると、自然と頬が緩んでしまった。裕美子はパジャマの前ボタンを外し、砲弾状に実ったたわわな熟乳を晒すと、再びベッドに横たわった。

「あぁ、お義母さん……」

ウットリと呟いた修也が右手を左乳房に這わせ、量感を確かめるようにやんわりと揉みこんできた。

「ウンッ、はぁ、修ちゃん……」

熟女の口から自然と甘いうめきが漏れ出てしまう。

（ヤダわ、胸をひと揉みされただけで甘い声が出ちゃうなんて。私の身体、すっかり修ちゃんに触られることに慣れて、期待してしまっている。これじゃあ偉そうに「お姉ちゃんを卒業しなさい」なんて言えないわね）

「あぁ、本当にお義母さんのオッパイは大きくって、柔らかくって、とってもいい匂いがして、僕、大好きだよ」

「ありがとう。修ちゃんにそう言ってもらえると、お義母さんも嬉しいわ。さあ、あまり時間はないけど、吸っていいのよ」

修也に頷きかけると、顔を蕩けさせた息子の唇が右乳首をパクンッと咥えこんだ。そのまま赤子が母乳を求めるように、チュウチュウと突起を吸ってくる。

「あぁん、修ちゃんったら、ほんとに赤ちゃんみたいなんだから」

からかうように言いつつも裕美子の顔には聖母の微笑みが浮かび、右手で可愛い息子の頭を撫でつけていく。

(高校生の息子にオッパイをあげるなんて普通じゃないのはわかっているけど、こうしていると、私がこの子の母親なんだという気持ちが強くなっていくわ)

乳房どころか秘唇もすべて与えている裕美子であったが、息子に乳首を吸われるという行為には、女としてよりも母としての思いが強く出てくるように最近は感じられていた。

「お義母さんのオッパイ、甘くて美味しいよ。ずっとこうしていられたらいいのに」

右手で手のひらから溢れ出す豊満な乳肉を捏ねまわす修也が、いったん乳首を離すと、陶然とした眼差しを裕美子に向け、再び突起にしゃぶりついてくる。

「そうはいかないでしょう。本当に真帆さんが来てしまうわ。修ちゃんだってお姉ちゃんにこんなところ、見られたくはないでしょう」

チュパッ、チュパッ、チュウチュウ……と愛おしそうに乳首を吸い立てる修也の髪を撫でながら、裕美子が顔をデジタル時計に向けると、時刻は十時になろうとしていた。真帆が何時にこちらにやってくるのか具体的な時間は聞いていないが、早ければもう着いてもおかしくはない。

「それはそうだけど、お姉ちゃんは僕とお義母さんの関係、知ってるわけだし」

真帆に修也との関係を打ち明けたのは裕美子にほかならない。姉弟が肉体関係にあることを知ったとき、電話をしてきた真帆に対して泣いてしまっていた。それはもちろん悲しさであり、姉として弟を受け入れたことに対する非難でもあった。それだけに、義理とはいえ母親でありながら息子を受け入れたことで、娘を責める資格などないと気づいたとき、裕美子は電話で正直に修也との関係を告白したのだ。

「お義母さんが修也のを手や口でしてあげているのを見たときから、いずれそうなるような気はしていたけど、まさかそのきっかけを私が作るとは思っていなかったわ。わざわざ知らせてくれてありがとう。それと、今回の後輩の件、迷惑をかけて本当にごめんなさい。私はしばらく相手してあげられないから、修也のことよろしく」

弟と義母の関係を聞いても、真帆はどこか達観した感じで裕美子の言葉を受け入れてくれたのだ。その上で盗撮写真の一件を謝罪し、修也を託してきたのである。

（真帆さんは本当に修ちゃんのことを大切に想ってるんでしょうね。だから、当然思うところはあっただろうに、修ちゃんのことを第一に考えて……）

真帆の大人な対応が逆に、修也に対する深い愛情を想起させてきたのだ。

「真帆さんがお義母さんと修ちゃんの関係を知っていることと、その現場を目撃されることでは違うでしょう。本当は義母子でこんなこと、許されないんだから」

再び乳房に甘えようとする修也を諭した直後、寝室のドアが勢いよく開けられた。

「お義母さんの言うとおりよ、修也」

「えっ!? あっ！ お、お姉ちゃん！」

「ま、真帆、さん……」

ハッとした様子で部屋のドアに視線を向けた裕美子と修也の口から、同時に驚きの声が漏れていた。隣で息子がガバッと身体を起こしあげ、驚愕の表情で突然あらわれた姉を見つめている。

「ず、ずいぶん、早く着いたのね」

心臓が早鐘を乱打するなか、砲弾状の熟乳をユッサユッサと揺らしながら、裕美子もゆっくりと身体を起こすと、少し引き攣った笑みを浮かべ娘を見つめた。

「早いって言っても、もう十時よ。私から言わせてもらえば、こんな時間にもまだ母親と弟がベッドでイチャついていたことのほうが驚きなんですけど」

決して非難している感じでないことは、悪戯っぽい目が物語っている。しかし、ぐうの音も出ない正論なだけに、裕美子としては頬がカッと熱くなるのを覚えた。

「あ、あの、おねえちゃん。な、なんでまた、や、保田さんがいっしょ、なの？」

「えっ？」

修也のかすれた声に裕美子は再び驚きの声を発した。娘にばかり気を取られていたが、真帆の後ろに小柄な女性の姿が認められた。さすがに気まずいのだろう、ずっと顔を伏せ、こちらを見ないようにしてくれている。息子が驚愕の表情となったのは、突然の姉の登場ばかりでなく、お客さんを連れてきていたからだったらしい。

「キャッ！」

女性の姿を目にした瞬間、裕美子の口から小さな悲鳴があがり、いまさらながら薄掛け布団を胸元に引き寄せ、たわわな膨らみを隠した。

（まさかお客さまを連れてくるなんて……。事前に言ってくれればこんな場面を、修ちゃんといっしょのベッドにいるところを見られるようなことは避けられたのに……）

「ま、真帆さん、ごめんなさい。準備をしてすぐにリビングに行くから、そちらで待っていてくれるかしら」

義母子三人しか知らない母子相姦の現場を、直接的な行為ではないにしろ、匂わせる状況を見られたことにパニックを起こしそうになりながらも、裕美子はなんとか平静を取り繕い、かすれた声で娘に頼んだ。

「わかったわ、向こうで待ってる。ごめんなさいね、突然」

真帆が蠱惑の微笑みとともにドアを閉めことで、閉ざされた寝室に沈黙がおりた。

「ねえ、修ちゃん。真帆さんが連れてきた女性って、もしかして……」

再び息子と二人だけの状態となったことで、少し落ち着きが戻ってくる。すると、先ほど修也が口にした「保田さん」という言葉が思い返され、客人の正体にようやく気づくことができた。

「うん、例の写真を郵便受けに入れた女性だよ。保田友美さん。お姉ちゃんの大学の後輩で、部署は違うみたいだけど同じ会社に勤めている。でも、まさかまた保田さんを連れて別荘に来るなんて……」

先月この別荘で行われたことについては、修也から報告を受けていた。真帆を慕う女性の求めに応じ、息子がその女性の処女を奪った話に驚きながらも、姉や義母という家族以外の女性とも関係を持てたことに、安堵と嫉妬、両方の感情を覚えたのだ。

(でも、なんで真帆さんはそんな女性をまた別荘に……)

疑問は解消されないが、いまここで悩んでいても答えが出ないことは確実だ。

「とにかく、本当にもう起きなくてはダメね。いつまでも真帆さんとお客さんをお待たせするわけにはいかないわ」

「うん、そうだね。ごめんね、お義母さん。僕が我が儘《まま》を言わなければ、保田さんに見られること、なかったのに……」

下唇を嚙むようにして頭をさげてきた息子に、裕美子の頰がふっと緩んだ。

「いいのよ、修ちゃんはなにも悪くないもの。これからも、お義母さんのオッパイでよければ、いつでも甘えてちょうだい」

(これよ、この私の甘さがいけないんだわ。それはわかっているけど、でも……)

我ながら甘い母親だと思わないではないが、裕美子は首を左右に振り優しい声音で囁くと、両手で息子の顔を挟みつけチュッと唇を重ね合わせた。そのとたん、修也の顔が安堵に緩んだのがわかり、熟女の心にも温かな感情が広がっていった。

2

修也が着替えて顔を洗いリビングに行くと、キッチンでお茶の用意をしていた真帆に、ウッドテラスのほうを示された。広いリビングの南に面した大きな窓の向こうには、高床の利点を活かした十五畳大のウッドテラスがあり、そこに置かれたテーブルセットに友美が座って庭を眺めていた。

「おはようございます。まさか、保田さんもお見えになるとは思っていませんでした。同じ時期に夏休み、取っていたんですね」

「おはよう。本当は先輩と二人で旅行に行きたかったんだけど、実家に戻らないといけないし、その前にこちらに招待してもらったのよ。まさか、来て早々、あんな場面に出くわすとは思ってなかったけど」

友美の前の椅子に座った修也が挨拶をすると、友美がチラリと冷たい視線を向けてきた。その瞬間、修也の背筋にツーッと冷たい汗が流れた。

「いや、あれは」

「先輩ばかりかお母さんまで毒牙にかけていたなんて、修也くんって鬼畜なのね」

「その言い方は、さすがにあんまりなんじゃ……」

言い訳は無用とばかりに被せられた言葉に、思わず苦笑が浮かんでしまう。

「修也は獣なの。ほかの女性に迷惑をかけないためにも、私や義母がしっかりと満たしてあげないといけないのよ。ねッ、修也」

そこにティーポットに紅茶を入れた真帆が、裕美子とともにあらわれた。

義母が修也の隣に腰をおろすと、真帆がそれぞれの前にソーサーとカップを置き、そこに芳醇な香りの紅茶を注いでくれた。

「ありがとう。……でも、お姉ちゃん、獣って酷くない？　僕の初めてを奪ったの、お姉ちゃんじゃないか」

紅茶に対する礼を言いつつ、修也は頬を膨らませて姉を見つめた。

「あら、心外。それじゃあ私が無理やり、修也を襲ったみたいじゃない。初めての相手が私じゃ不満だったの？」

「いや、それは、まったく……。すっごく、嬉しかったけど……」

「なら、いいじゃない。文句を言われる筋合い、ないわよ」

「二人とも、それくらいにしてちょうだい」

修也が姉にあっさりと言い負かされると、裕美子が子供たちをたしなめてきた。そして改めて、斜め前方に座る友美に視線を向けた。

「先ほどは大変お見苦しいモノをお目にかけ、申し訳ございませんでした。真帆と修也の母親でございます。本日はようこそおいでくださいました」

「い、いえ、こちらこそ突然押しかけ申し訳ありませんでした。真帆先輩には大学時代からお世話になっております、保田友美と申します。よろしくお願いいたします」

裕美子が丁寧な挨拶とともに頭をさげると、友美も慌てて居住まいを正し、丁寧に挨拶を返してきた。

「はい、はい、堅苦しい挨拶はそこまでにしましょう。正直、お互いいろいろと知っちゃってる、知られちゃってる関係なワケだし、もっとフランクにいきましょう。そのほうが全員、楽でしょう。ねっ、修也」

「えっ、あっ、う、うん、そうだね。それでいいんじゃない」

改まった態度を取る義母と友美に割って入り、こちらに話を振ってきた姉に、修也はぎこちなく頷き返した。

「ってことで、修也、さっきの話のつづき、修也が獣だって話だけど、私とエッチしたあとにお義母さんにまでしてもらってるわけじゃない。母親や姉の身体で性欲を満たす高校生なんて、普通いると思ってるわけ」

「いや、それは、まあ、いないだろうな、と……。だから、お姉ちゃんとお義母さんにはすっごく感謝してるよ」

「わかってるならいいのよ。でも、まあ、獣でも母親や姉とはしないだろうし、そう考えると、修也ってそれ以下なのかしら。姉としては心配だわ」

わざとらしく眉をひそめた真帆に、修也は「うっ」と言葉に詰まってしまった。

「真帆さん、修ちゃんをいじめるのはそれくらいにしてあげて。さっきの件は私も悪かったわけだし」

「私は事実を言っただけよ。修也に甘い私が言うのもなんだけど、お義母さんも修也に対してはそうとうに激甘よね」

今度は助け船を出してくれた裕美子に、真帆が絡んでいった。

「そりゃあ、まあね。真帆さんにとって修ちゃんが可愛い弟であるように、私にとっても可愛い息子なんだから、そりゃあ、甘くもなるでしょう」

激甘と言われたことを気にしたふうもなく、あっさりと受け入れ肯定した義母に、隣に座る修也の頬が自然と緩んでしまった。

「修也がお義母さんの甘さにつけこんでいることが問題なんだから、ニタニタしない」

やにさがったさまをしっかりと見られていた修也は、真帆にピシリと言われ慌てて頬を引き締めた。にやついてしまったことを誤魔化すように紅茶を口元に運ぶ。

「ふふふ、なんか、家族仲、すっごくいいんですね」

それまで三人のやり取りを黙って聞いていた友美が、必死に笑いをこらえた様子で口を挟んできた。

「いや、こんなのはどこの家庭でもある普通の会話でしょう。まあ、話している内容が普通じゃないのは認めるけど。友美だって、私や同僚、学生時代の友人と話すときと実家に戻ってご両親と話すときとじゃ、雰囲気、違うんじゃない?」

「まあ、そうですけど、でも、先輩たちの仲のよさは、普通以上ですよ。やっぱり、ああいう関係になっているから」

「それは関係ないと思うわよ。それ以前からずっとこんな感じだし」

性的関係と結びつけようとした友美に、真帆が首を左右に振って否定した。

「さっき、実家に戻らなきゃいけないって言ってましたけど、保田さんってご実家、どこなんですか? 一回東京に戻ってからまた移動ですか?」

話題を変えるためにも修也は友美に話しかけた。

「えっ? 長野よ。長野市内。ここからなら新幹線で三十分。だから、先輩が別荘に行くって聞いて、ごいっしょさせてもらったのよ」

「あっ、じゃあ、本当にご実家に戻る途中に寄ったって感じなんですね」

「どうしたのよ、修也。この前は『友美さん』って呼んでたくせに、名字呼びになっちゃって。お義母さんがいるからかしこまってるわけ。それとも、ベッドの中だけは名前で呼ぶタイプ？」

「なッ!? ち、違うよ！　い、いちおう、目上の人への礼儀として……」

悪戯っぽい眼差しでからかってきた真帆に、友美の処女を奪ったときのことが脳裏をよぎった。そのため、頬が火照ってくるのを感じながらの反論であった。

「もう、真帆さんったら、また修ちゃんに意地悪を言って」

「だって、修也ってからかいがいあるんだもの。それに友美、いまの発言だとここに来た理由のもう半分がないんじゃない？」

「もう半分、ですか？」

「そうよ、修也のアレが忘れられないってやつ」

「へっ？」

蠱惑の微笑みで爆弾発言を放った姉に、修也は間の抜けた声を出してしまった。

（僕のアレって、つまりは僕とのエッチが忘れられないってこと？　まさか、そんなことが……あんなに痛がってたのに……）

チラッと正面に座る友美に視線を向けると、バッチリと目が合ってしまった。お互いに肩がビクッと震えてしまう。

「違います！　勘違いしないで、修也くん。私、そんなこと言ってないから」

「ふ〜ん、違うんだ。じゃあ、修也のアレを思い出すこともないわけ？」

「あっ、いえ、そ、それは……」

真帆の言葉に、友美の言葉が急に勢いを失った。恥ずかしそうに頬を染め、うつむいてしまったのだ。

（まさか、本当に友美さん、僕とのエッチ、思い出して……）

うつむく小柄な可愛い系美女を、まじまじと見つめてしまった。

「あら、もしかして、修ちゃんってモテモテ？」

「そ、そんなワケ、ないでしょう」

意外そうな声を出した義母に、修也は思わず苦笑してしまった。

「保田さんは、真帆に好意を寄せていただいていると聞いていましたけど」

「そうです。私が好きなのは、真帆先輩オンリーです。それでお母さまにもご迷惑をおかけしてしまい申し訳なかったと思っていますが、修也くんは眼中にありません」

(いや、僕も、友美さんのこと、特別にどうこう思ってたわけじゃないけど、この告白もしていないのに振られた感じって、なんなんだ)

裕美子の問いかけに、我が意を得たりとばかりに勢いを取り戻した友美。その言葉に、修也の胸にはモヤモヤッとしたものが広がっていた。

「修也は眼中になくても、修也のアレは眼中にあるのよね」

「違いますよ。もう、先輩の意地悪」

真帆のからかいに、友美が頬を膨らませ、すねてみせた。

「修也、今夜はたっぷり楽しめるわよ。さっき邪魔しちゃった分も、利子をつけて返してあげるから、期待してくれていいわ」

緑溢れる避暑地の清々《すがすが》しい空気のなか、艶然と微笑む姉の色気にあてられ、修也の背筋がゾクゾクッと震えた。同時に、期待をあらわすように股間が反応し、鎌首をもたげようとしてしまう。

「真帆さん、まさかとは思うけど、お誘いして来ていただいている保田さんまで巻きこむつもりじゃないわよね」

「ちょっと違うわ。巻きこむのではなく、友美のほうから巻きこまれに来たのよ」

裕美子の不安そうな顔での問いかけに、姉は平然と言い返した。

「そんな、私は巻きこまれる気は……。先輩が『別荘に行くけどいっしょにどう』って聞いてくれたから、実家に戻る途中に寄らせてもらっただけで」

「私はちゃんと別荘には修也がいること、伝えたわよ。わざわざ伝えた意味がわからない友美じゃないでしょう」

「それは、まあ……。っていうか先輩、やっぱり姉弟でなんてダメですよ。修也くんもお姉さんやお母さんを困らせるようなことしちゃ、いけないのよ」

形勢不利と思ったのか、友美がいきなり修也に正論をぶつけてきた。

「それは、まあ、そう、です、よね」

(お姉ちゃんがよけいなこと言うから、僕にとばっちりがきたじゃないか!)

顔を引き攣らせつつ肯定した修也は、真帆に恨めしげな視線を送った。

「確かに友美の言うことは正しいわ。母親や姉で性欲を満たすなんてこと、許されることじゃないものね。でもね、修也の初めてを奪ったのは私だけど、あなたが実家に届けた写真をきっかけにこの二人は関係を持ってしまったの。つまり、私との関係はともかく、義母と弟がいけない関係になった原因は間違いなくあなたにあるのよ」

「でも、そもそも先輩が修也くんとエッチなことしなければ……」

「そうよ。だから責任を取って弟の欲望を受け止めてるんじゃない。それと、私と修也の関係がなかったら、先月みたいなことは起こらなかったことも忘れないで」

反論を試みた友美に、姉は修也に優しく微笑みかけると、先月この別荘であった一件を思い出させた。

「つまりは、私も修也くんとエッチしろってことですか」

「そんなこと言わないわよ。でも、その過程で、私が友美の大切なところに触れることもあるだろうし、その逆も……」

意味ありげに微笑む美姉に、修也の背筋がぶるっとした。真帆の言っている言葉の意味を察したのか、友美の顔に陶然としたものが浮かんでいる。

「うふっ、決まりね。ということだから、今夜はお義母さんゆっくり休んでちょうだい。こっちにいる間は私と友美で修也を満たしてあげるから」

「そうはいかないわ。私が修ちゃんと関係を持っているのは、真帆さんを卒業する手助けのためなんだから。助長させるようなこと、させられるわけないでしょう」

「ふ〜ん、お義母さんはいまでもそういう建前を口にするのね。私が修也とエッチしているのは、可愛い弟の気持ちに応えてあげたいっていうのもあるけど、相性がいいのか、私も気持ちいいからっていうのが本音なのよ。正直、別れた彼とのエッチよりも、修也とするほうが満足度が高いの」

「お、お姉ちゃん……」

初めて聞く姉の本音に修也は驚きと同時に、喜びを感じていた。

「真帆さん、あなた……」

「きっかけはともかく、お義母さんも同じなのかと思っていたけど、まあ、いいや。よかったわね、修也。これから数日はきっと忘れられない日になるわよ」

優しく、悩ましい微笑みに、修也の総身は大きく震えたのであった。

3

(まあ、現実なんてこんなものだよな。あんなこと言っていても、お姉ちゃんってけっこう常識人だし……)

午後十一時すぎ、修也は別荘に来たときにいつも使っている部屋のベッドで一人横たわっていた。朝、義母の豊乳に甘えているところを姉と友美に見つかり、夜のお楽しみを煽られていたが、結局はそれぞれの寝室で眠ることになったのだ。

(お姉ちゃんや友美さんがいるときに、お義母さんの部屋に行くわけにいかないし、その逆はさらにありえないよな。お姉ちゃんの部屋に夜這いに行く? 行けば優しいお姉ちゃんのことだから、受け入れてくれそうだけど、どうするかなぁ……)

そんなことを考えながら目を閉じると、修也はいつしか眠りの淵へと落ちていた。

(あら、寝ちゃってる。もう、せっかく私が来てあげたっていうのに。これじゃあ、私だけが期待していたみたいじゃない)

日付が変わる頃、真帆は義母や後輩女子の部屋を覗き、眠っていることを確認してから、修也の部屋へと忍びこんでいた。だが、とうの弟も裕美子や友美同様、夢の中だったのである。

すでに暗がりに目が慣れているため、周囲の様子がよくわかる。改めて修也を見ると、その穏やかな寝顔に頰が緩む。思わず指先で弟の頰をツンツンッとしてしまった。すると、違和感を覚えたのか修也の右手がつつかれた部分をひと撫でしていく。

(ほんと、修也は可愛いわ。でも、お姉ちゃんを待っていなかった罰は必要よね)

真帆は悪戯っぽい微笑みを浮かべると、足下のほうから弟が眠るベッドにもぐりこんだ。左半身を下にして修也の右横、股間のあたりに頭がくる形で横たわる。

当然両脚はベッドから完全にはみ出していたが、そんなことは気にせず、右手を修也の股間に這わせ、パジャマズボンの上からおとなしいペニスをさすった。すると、ピクッと淫茎が震え徐々にその体積を増してきた。

（ふふっ、やっぱり眠っていても気持ちいいと反応するのね）

腰を小さくくねらせている修也の反応が面白く、真帆は硬度を増しつづけるペニスを撫でつづけた。やがて完全勃起となり小刻みに跳ねあがりはじめる。

（すっごい。修也の、本当に大きくって立派だわ。まさか弟のオチ×チンに夢中にさせられちゃうなんて……。お姉ちゃんをこんな気にさせて、いけない子なんだから）

硬直の感触に、真帆の腰も小さくくねってしまった。子宮に鈍い疼きが走り、すっかり禁断のペニスの味を覚えてしまった肉洞が、刺激を欲して蠢き出す。

「うッ、う〜ン……」

布団にもぐりこんでいる真帆にもうめきが聞こえた直後、バサッとその布団が取り払われた。

「えっ！　おっ、お姉ちゃん!?」

「やっと起きてくれたの。こっちはとっくにお目覚めだったのにね」

驚きで完全に裏返った修也の声に、真帆は蠱惑の笑みで返すと、逞しい肉槍をギュッと握った。

「ンはっ、くッ、な、なんで、どうして、お姉ちゃんが……」

腰を跳ねさせつつ、戸惑った様子の修也が上体を起こした。そこで真帆も強張りから手を離し身体を起こすと、今度は弟の腰を跨ぐ体勢となった。そのまま股間で勃起を押し潰すように重なり合っていく。数枚の生地を介してなお感じる逞しいオトコに、真帆の腰もぶるっと震えてしまう。

「どうしてって、朝の分も利子をつけて返してあげるって、言ったでしょう。お義母さんや友美が眠るのを待ってから来てあげたのに、修也まで寝てるんだもん。もしかして、お姉ちゃんとのエッチ、期待してなかった？」

「そんなことはないよ。すっごい期待してた。だって僕、いまでもお姉ちゃんのことが一番好きだもん。でも、友美さんも来てるし、さすがに無理だろうなって」

「ごめんね、遅くなって」

真帆は優しく微笑み返すと、チュッと唇同士を重ね合わせた。

「あぁ、お姉ちゃん……」

早くもウットリとした眼差しとなった修也の左手が、真帆の背中にまわされてきた。パジャマ越しにも弟の手が熱を帯びているのが伝わってくる。直後、修也の右手が左乳房に重ねられた。量感を確かめるように、ノーブラの膨らみがやんわりと揉みあげられていく。

「あぁん、修也」

じんわり染みこんでくる快感に、背筋がゾクゾクッとしてしまう。

「あぁ、お姉ちゃんのオッパイ、いつ触っても、大きくって気持ちいい」

「そんなこと言って、本当はお義母さんのほうが大きいなって思ってるんでしょう」

「そ、そんなことないよ。確かに単純な大きさでは、お姉ちゃんよりお義母さんのほうが大きいと思うけど、でも、お姉ちゃんのオッパイだって充分すぎるほど大きくって、それに、こんなに指を押し返してくる弾力が強くて、本当に気持ちいいよ」

姉からの意地悪な質問に少し困った顔をしながらも、修也が素直な反応を返し、ゴム鞠の弾力の肉房を愛おしげに揉みこんできた。

「はぁン、お姉ちゃんも、修也にオッパイ触られると、とっても気持ちいいわ。直接触ってほしいから脱ぐわね。だから修也もその間に裸になってしまいなさい」

甘い愉悦の声を漏らしつつ、真帆はいったん弟の手を乳房から離すと、そのまま腰を浮かし、ベッドからおりた。ドア横のスイッチで部屋の明かりを点けてから、Tシャツタイプの上衣の裾をクロスさせた両手で摘まみ、そのまま躊躇いもなく頭から脱ぎ去った。ぶるんっとたわむように揺れ、円錐形の美しい膨らみがあらわとなる。

「あぁ、お姉ちゃんの、おっ、オッパイ……」

「ほら、見てなくていいから、修也も脱いで。それとも、今夜はしないの？」
「えっ、す、するよ。すっごく、したい。だから、ちょっと、待って」
弟の視線を心地よく感じながら、試すような言葉を送ると、修也は弾かれたように
ベッドの上で立ちあがり、着ていたパジャマを大慌てで脱ぎだした。その慌てように
クスッと微笑みつつ、真帆はパジャマズボンを脱ぎおろし、次いでサックスブルーの
パンティを足首までおろしていく。クロッチが秘唇から離れた瞬間、チュッと小さな
蜜音を立てたのを、真帆の耳は聞き逃さなかった。
（ヤダ、本当に私のほうが期待しちゃってるみたい）
弟のペニスを求める淫らな肉体に頬を染めつつ、薄布を足首から抜き去った。
「お姉ちゃんの裸、いつ見てもほんとに素敵だ」
「あなたのもとっても逞しくて素敵よ、修也」
裸となった弟の股間にそそり立つペニスに視線を送り、真帆も囁くように返した。
「お姉ちゃんが綺麗だからだよ。それにスタイルも抜群で、だから、僕……」
切なそうに腰を震わせた修也が右手で強張りを握ると、そのままこすりはじめた。
「あぁん、ダメよ、修也、自分でしては。それとも、お姉ちゃんがしてあげるよりも
自分でするほうが好きなの？」

「それはもちろん、お姉ちゃんだよ」

「うふっ、いいお返事よ。さあ、もう一回ベッドに横になりなさい。そうしたら、お姉ちゃんがまた、ねッ」

即答してきた修也に艶っぽく微笑んでやると、生唾を飲んだ弟がそそくさとベッドに横たわった。その素直は態度にさらに笑みを広げ、真帆もベッドへと戻る。再び修也の腰を跨ぎ、下腹部に張りつかんばかりの急角度で裏筋を見せつけるペニスの上に腰を落としていく。チュッと小さく音を立てながら、生殖器官同士が生で密着した。

「うはッ、あぁ、お姉ちゃん……」

「うぅん、本当に修也のコレ、とっても硬くて、熱いわ。ごめんね、修也。私が初めてを奪ったのに、その後はゴタゴタしてあまり相手をしてあげられなくて」

「そ、そんなことはないよ。だってこうして忘れずに、僕のところに来てくれてるんだもん。僕、それだけで幸せだよ」

「もう、修也ったら、本当に可愛いんだから」

陶然とした眼差しで真帆を見上げ、ウットリとした声音で返してくる弟が、この上なく愛おしく思える。腰を小さく前後に揺らすと、クチュッ、チュッと潤みだしていた秘唇が強張りとこすれ合い、その刺激に腰骨がわなないた。

「はぁ、お姉ちゃん、き、気持ちいい……」

愉悦に顔を歪めた修也の両手がまっすぐに双乳へとのばされた。円錐形のたわわな膨らみが揉みあげられていく。

「うンッ、はぁ、修也……」

「大好きだよ、お姉ちゃん。許されないのはわかっているけど、でも、それでも僕はお姉ちゃんのことを愛してるんだ」

恍惚顔の弟からのストレートな告白に、真帆の背筋にさざ波が駆けあがった。子宮の疼きが増し、ジュッと新たな淫蜜を滲み出させてしまう。

「私もよ、修也。あなたは可愛い弟であると同時に、愛する男性よ」

(そう、修也は弟だけど、私にとってはそれ以上の大切な存在。絶対に世間からは認められない関係だけど、ただの男と女になってこのまま……)

「ああ、お姉ちゃん……」

その瞬間、淫裂で圧迫するペニスがビクッと跳ねあがり、さらに一段と膨張したのがわかる。蕩けた眼差しの修也がグイッと上体を起こしてきた。左乳房に這わせた右手はそのままに、左手で真帆の深く括れた腰を抱くようにしてくる。そのままの姿勢でしばし見つめ合い、やがてどちらかともなく唇を重ね合った。

「あぁん、修也……修也……」

「渡さないよ、お姉ちゃんのこと、誰にも、ずっと、僕だけの……」

ついばむような口づけを何度も交わし、お互いの視線を決してそらさなかった。

(あぁん、修也も私と同じ気持ちなんだわ。本当に相性、最高なのかも)

自然と腰が前後に揺れ動き、逞しい肉槍を素股でしごきあげていく。そのたびに刺激を欲する肉洞がキュンキュンッと蠕動し、淫蜜でペニスを濡らしていた。

「くッ、あぁ、お姉ちゃん、ごめん、僕、もう……」

「出ちゃいそうなのね。わかるわよ。だって、修也のコレ、さっきからずっとピクピクしてるんだもん。ねえ、舐め合いっこしようか？　ゴックン、してあげる」

(私、フェラチオって苦手だったけど、修也のは平気なのよね)

「うん」

満面の笑みを浮かべ修也が頷いた直後、バンッと音を立て寝室のドアが開かれた。

ギョッとしてそちらに視線を向けると、そこには全裸となった友美の姿があった。

「えっ!?　と、友美、さん……」

「あら、友美、裸での登場なんて穏やかじゃないわね。もしかして、私の修也に夜這いでもかけに来たのかしら？」

突然の後輩の登場に驚きつつも、わざと挑発的な言葉を投げかけていく。

「ち、違います！　私は修也くんになんて興味ありません。ただ、姉弟でなんて絶対に許されないから、それを止めに、先輩を正道に連れ戻すために来たんです」

「あなたと関係を持つことも、それはそれで正道からズレていると思うけど……。それに裸できたっていうことは、結局は私から修也のコレを奪うってことでしょう」

友美のまっすぐさを眩しく感じながらも、真帆は後輩をからかうようにヒップを揺すり、硬直による刺激を楽しんだ。

「ンはっ、あぅ、くッ、うぅぅ……。お姉ちゃん、ごめん、僕、本当に出ちゃいそう」

必死に射精衝動と戦っているのか、愉悦に顔を歪める修也が訴えてきた。

「あんッ、ごめんね。じゃあ、舐め合いっこは中止にして、このまま直接お姉ちゃんの膣中に挿れちゃおうか。修也だって本当は上のお口よりも、下の、こっちのお口にゴックン、してほしいでしょう？」

優しくも悩ましい目つきで弟を見つめながら、真帆はさらに強く淫裂でペニスをしごきあげ、挿入に導くべく腰を浮かせた。

「そ、そんなのダメです」

憧れの先輩が再び目の前で姉弟相姦に及ぼうとしているのを見た友美は、ベッドへと駆け寄った。すると、それを見越していたように真帆が修也の上から身を離した。ベッドにたどり着いた友美の真正面に、逞しい屹立が飛びこんでくる。

「えっ、そんな、お姉ちゃん」

真帆の行動は修也にとっても予想外だったのか、どこか戸惑ったような声をあげると、悲しそうな目で姉を見つめていた。

(どうしよう、グズグズしていたら、今度こそ本当に先輩が修也くんと……。私がなにかしても、この二人がこれからも関係をつづけていくのは明白だけど、それでも一回分は減らせるわけだし、迷っている暇はないわ)

約ひと月前に自分の処女を奪った強張りを見つめ、友美は瞬時に判断を下した。年上美女とは少年を挟む形でベッドにあがりこみ、右手で漲る肉竿を握りこんだ。

「ンはッ、えッ？と、友美、さん……」

ピクッと腰を震わせながら驚きの声をあげる修也を無視すると、覚悟を決めていきり立つペニスを起こしあげ、思いきって口腔内へと迎え入れた。とたんに口の中には饐えた香りと苦みが広がっていく。

（ヤダ、男の人のって、こんな変な味がするものだったの。先輩はいつも弟の修也くんにこんなことを……）

えずきそうな感覚に自然と両目に涙が溢れてくる。

「友美、そのままゆっくり首を振って、唇で修也のをこすってあげるのよ。でも、決して歯を当てないようにしてあげてね」

見守る真帆の言葉に従うように、友美はぎこちなく首を上下に動かし、朱唇粘膜で強張りをさすりあげた。

「くはッ、あっ、あぁ、と、友美、さンッ、くぅぅ……」

小刻みに腰を突きあげる修也の右手がショートボブの髪に這わされ、愉悦を伝えるように指を絡めてきた。さらに、ペニスが震えるたびに亀頭が上顎の粘膜をこすり、それがさらなる嘔吐感を覚えさせる。

（これ、出すまでこうしていないといけないのよね。自分から咥えたことだけど、早く終わってくれないと、気持ち悪くて本当に吐いちゃいそう……）

口腔内を襲うペニスの感触と、鼻腔粘膜をくすぐりつづける牡の性臭に、友美は苦痛を感じはじめていた。だが一方で、オトコを経験した肉洞が健全な若いオンナの欲望を目覚めさせようともしていた。

（どうして？　すっごい痛かったのに、またあのときの感覚をよみがえらせるの）

想像以上であった破瓜の激痛と、その後の律動によってもたらされた腰が宙に放り出されそうな感覚、その両方を思い出し、友美の腰がぶるっと震えた。

午前中、ウッドテラスで真帆に言われたことは、まんざら嘘ではなかった。処女喪失から数日間は違和感が強く、絶えず秘唇にポッカリと穴が空いたような感覚を味わっていたのだが、それが和らぐと今度は逞しい男性器が蜜壷を往復し、柔襞がこすりあげられた感覚が思い出され、淫裂を濡らしてしまうことが何度もあったのだ。

（あの感覚を私に刻みつけたのが、修也くんのこの……）

「あぁ、友美さん、気持ち、いいですよ。僕、もうすぐ……」

（出すならほんと早くして！　じゃないと私の嘔吐感が……）

愉悦に震える少年の声を聞きつつ、ヂュッ……ズチュッ……クチュッと不自然なリズムで口唇愛撫を施していく。膨張した亀頭から溢れ出す先走りの味が舌に広がると、それだけで酸っぱいものがこみあげてきそうになる。それを必死に耐えつつ、友美は唇を窄めるようにして強張りをしごきあげた。

「おぉ、出る！　僕、本当にもう……あぁ、出ちゃぅぅぅぅッ！」

ズンッとひときわ大きく修也の腰が跳ねあがり、髪の毛に這わされていた右手がグイッと頭部を抑えこんでくる。喉の奥の粘膜を亀頭で突かれた直後、猛烈な勢いで口腔内に白濁液が迸り出てきた。

「ンぐっ！　むぅ、うぅぅ……むぅン……」

（あぁん、出てる、生臭い精液が口の中にいっぱい……。ヤダ、これ、どうすればいいの。飲んであげればいいの？　でも、こんなネバネバしたものをゴックンしたら、その瞬間に噎せちゃう。いやぁン、まだ、出てくる……いったい、いつまで……）

ズピュッ、ドピュッと断続的に噴きあがる欲望のエキスがどんどん口内に溜まっていく。友美の顔が苦しげに歪むも、修也の右手にしっかりと頭部を抑えこまれているため、ペニスを解放することもままならなかった。

「あぁ、友美さん、ごめんなさい。でも、僕、まだ……」

「友美、もう少しだけ耐えてあげて。修也が全部出しきるまで、咥えつづけてあげてちょうだい」

耳に届く真帆の言葉に小さく頷き、友美は根元までペニスを口に含んだまま、ジッと耐えつづけた。しかし、呼吸をするたびに饐えた性臭が鼻腔粘膜を駆けあがり、脳が酔わされてしまいそうになる。

（あぁ、頭がクラクラしちゃってる。それに、あそこもなんかウズウズしてる……。

これ、いままでの感覚より鋭い……。膣奥がキュンキュンしてるのがわかる）

口の中に溜まりつづける精液が、友美のオンナを確実に煽っていた。それを自覚した瞬間、ぶるっと腰骨がわななき、淫蜜が秘唇表面を湿らせてきた。

「あぁ、友美、さンッ……はぁ、ああ……」

脱力したように、頭部を抑えこんでいた修也の右手から力が抜けた。ペニスの脈動もようやくおとなしくなったようだ。そこで友美は、口内の精液が溢れ出ないよう注意しながら、ゆっくりと強張りを抜き取った。完全に勃起が口から離れた瞬間、唇の端からツーッと欲望のエキスが垂れ落ちる。

口の中に精液を溜めこんだまま、友美は不安げに視線を左右に走らせた。吐き出すにしても手に直接出す気にはなれず、ティッシュを探したのだ。

「ゴックンしてあげないのなら、私にちょうだい」

そう声をかけてきたのは、修也を挟んで対面にいた憧れの先輩であった。弟の上に身を乗り出すようにした真帆の両手が、友美の頬を挟みこんでくる。直後、陶然とするほどに美しい顔がすっと近づき、唇を奪われてしまった。

「ンッうッ！」

あまりに突然の出来事に思考がついていかず、驚きに両目が見開かれた。その間に真帆の柔らかな舌先が唇をノックし、スルリと口腔内に侵入してくる。

ヂュッ、ヂュチュッ……憧れの女性の舌が口内を蠢き、修也の放出した白濁液が吸い出されていく。

「ンむっ、ふぅん……うぅ……」

（あぁ、私、また真帆先輩とキス、してる……。それも今回はこんなに濃厚に舌が……。あぁン、吸われていく。修也くんの精子が口の中から消えていってる……）

友美はウットリとした表情を晒し、されるがままに口腔内を蹂躙されていた。

「す、すっごい！　お、お姉ちゃんが友美さんとキスしながら、僕のをゴックンしてくれてるなんて……。あぁ、そんなエッチな姿見せられたら、僕、またたまらなくなっちゃうよ」

修也の恍惚とした呟きが耳に入り、チラッと目線を下におろす。

友美の唾液で濡れたペニスが再び下腹部に張りつきそうな勢いで、裏筋を見せつけている姿が飛びこんできた。

（すごい！　あんなにいっぱい私の口に出したのに、修也くんの、まだあんなに大きなままだなんて……）

雄々しい牡の器官に友美のなかのオンナが煽られ、さらなる淫蜜が溢れ出していく。

「ンぱぁ、はぁ、コクンッ……ごちそうさま」

口内の粘液すべてを吸い出した真帆が口づけを解くと、艶然とした微笑みで見つめてきた。ゾクゾクッと背筋を震わせた友美は、上気した顔で見つめ返した。

「ンはぁ、せ、先輩……」

「友美ったらすっかり蕩けたいやらしい顔をしちゃって。しょうがない。先月は中途半端なままになっちゃったし、先に友美のこと、気持ちよくしてあげるわ」

そう言った真帆の両手がスーッと頬を撫でるようにおろされた。左手はお椀形の豊かな膨らみに止まり、弾力豊かな肉房をやんわりと捏ねあげてくる。だが右手は乳房を素通りしさらに下方へ、控えめに茂ったデルタ形の陰毛が指先で掻き分けられ、いまだ固く口を閉ざしているスリットへと到達した。

「あんッ、真帆、先輩……」

濡れた秘唇を優しく撫でつけられた瞬間、友美の腰が愉悦にくねった。快感のさざ波が脳を心地よく揺らしてくる。

「友美ったら、すっかり濡れてるじゃない。やっぱり修也の硬くしたアレが目当てだったんじゃないの」

「ち、違います。私、修也くんに興味、ないですから」

少年のペニスをしゃぶり、その精を口内に放たれたことでオンナを刺激されたこと
は否めないが、憧れの女性にそれを認めるのはやはり抵抗があった。

「あら、私の可愛い修也を振るなんて、ちょっと許せないかなぁ」

直後、凄艶《せいえん》な微笑みを浮かべた真帆の右手中指がクイッと折り曲げられ、淫裂にズブッと入りこんできた。刹那、脳天に鋭い快感が突き抜けていく。

「うはッ！　あぅ、はぁ、せ、せん、パイ……」

「あぁん、すごいわ、友美のココ、とっても熱くて、指を思いきり締めつけてきてる。こんなキツい場所に修也を迎え入れていたなんて、ほんとエッチよね」

真帆が指先を動かすと、クチュ、クチュッと湿った蜜音が起こり、入口の襞が妖しくこすられていった。

「い、イヤ、ダメ、そ、そんなことされたら、私……」

膣襞を直接刺激されると、友美の腰に早くも小刻みな痙攣が襲いかかってきた。愉悦に柳眉を歪めながら、両手を憧れの女性の両肩へとのばしていく。左手で華奢な肩を摑み、右手を円錐形の美巨乳へとおろすと、たわわな肉房を揉みあげていった。ずっしりとした量感と、指を押し返してくる心地いい弾力にウットリとしてしまう。

「はンッ、友美……」

「あぁ、先輩の胸、すっごく気持ちいいです」

「お、お姉ちゃん、ぼ、僕ももっと気持ちよくなりたいよ」

友美が真帆の膨らみを捏ねまわしていると、ベッドに横たわったまま二人の淫戯を見上げていた修也が、甘えた声を発してきた。

「ごめんね、修也。本当はすぐにでも相手してあげたいけど、今日は少しだけ待っていて。でも、大丈夫よ。修也はお義母さんが気持ちよくしてくれるはずだから」

「えっ？　あっ！　お、おかあ、さん……」

真帆の艶めいた眼差しが寝室のドアに向けられた。それに反応した修也の口から小さな驚きが漏れる。友美も後ろを振り返ると、そこには難しい顔をしたパジャマ姿の裕美子が立っていたのだ。

「キャッ！」

朝とは逆に、今度は友美が小さな悲鳴をあげると、真帆の指が秘唇から引き抜かれた。友美自身も真帆の身体から手を離し、肢体を隠すようにベッドにうずくまる。

「真帆さん、あなた、本当に保田さんを巻きこむなんて……」

半ば呆れ顔となっていた裕美子は、義理の子供たちと娘の後輩女性が裸で淫戯に耽っていたベッドへと近寄った。

4

今朝は修也とすごしていたベッドで一人眠りについていた裕美子は、少し騒がしい気配に目を覚ましていた。妙な胸騒ぎを覚えベッドから抜け出し廊下に出てみると、息子が使っている部屋のドアが開けられ、明かりと話し声が漏れているのを発見。そっと近づき中を覗き見ると、裸になった三人の淫戯を目の当たりにしてしまい、呆然となっていたところを真帆に見つかってしまったのである。

「そんな、別に私が友美を連れてここに来たわけではないわよ。私が修也の相手をしてあげようとしているところに、友美のほうが乱入してきたんだから」

修也を挟んだ反対側でうずくまる友美をチラリと見た真帆に、裕美子は溜め息をついてしまった。

「そうだとしても、お客さんがお見えになっている日の夜に、修ちゃんの部屋に来る必要はなかったんじゃないかしら」

「あら、修也くらいの年の男の子なら、エッチは一日も欠かさずしたいはずよ。もしかしてお義母さん、姉の私を卒業する手助けをしてあげると言いながら、たまにしか修也の相手、してあげてないの？」

「そんなことは、毎日ちゃんと抜いてあげてます」

「ふ〜ん、毎日」

思わずムキになって答えてしまった裕美子は、真帆の蠱惑の微笑みに顔がカッと熱くなったのを自覚した。毎日セックスの相手をしてあげていたわけではないが、それでも手淫やフェラチオでは欠かさず、欲望を鎮める手伝いをしていたのである。

「だったら、わかるでしょう。誰が来ていようが、溜まったものは解放してあげないと可哀想じゃない。私は姉として、修也にそんな辛い思いをさせられないわ」

「それは私もいっしょよ。母親としては子供を悲しませたくないもの。でも……」

「じゃあ、決まりじゃない。私はまず、お義母さんが言うところのお客さんである友美を優先してあげることにしたから、修也のことはお任せするわ」

「お義母さん、僕……」

「あぁん、修ちゃんったら、そんな目でお義母さんを見ないで」

反論の試みは、真帆が被せてきた言葉で完全に消し去られてしまった。まんまと言いくるめられてしまった感はあるが、切なそうな目でこちらを見ている息子を見てしまっては、いまさら「NO」とは言えなかった。

「はぁ、仕方がないわね。実の姉弟でなんて、決して許されないんだから。修ちゃんの相手はいつもみたいにちゃんとお義母さんがしてあげるわ。そこにいたら、真帆さんと保田さんのお邪魔だろうから、お義母さんのお部屋に移動しましょう」

「ダメよ、修也。隣の空いているベッドを使いなさい。そうすれば、お義母さんのあとすぐにお姉ちゃんも相手、してあげられるわよ」

「あぁ、お姉ちゃん……」

艶然と微笑む真帆にウットリとした眼差しを返す修也を見て、裕美子は再び溜め息をつき息子に頷き返すと、その場でパジャマを脱ぎ捨てた。上衣を脱ぐと、砲弾状の熟乳がユッサユッサと重たげに揺れながら、その姿をあらわす。

「うわぁ、お義母さん、ほんとにエッチな身体してるのね。そのいやらしい身体を使って、私から修也を奪おうとしているわけね」

「べ、別に私は真帆さんから修ちゃんを奪うつもりは……。ただ血の繋がった姉弟でなんて許されないから、代わりに義理の母親である私が……」

自分でも言い訳がましいと思いながらも、挑発的な言葉につい反論してしまった。娘に言い返しつつ、裕美子はパジャマズボンと薄紫のパンティを脱ぎおろし全裸となる。その間に息子は横たわるベッドから起きあがり、隣のベッドへと移動していく。

「す、すごい……。先輩のお母さん、本当にすごくグラマーなんですね」

いつの間に身体を起こしたのか、気づくと友美が憧憬の眼差しで裕美子の裸体に視線を注いでいた。

「あぁ、こんな四十すぎのオバサンの崩れた身体なんてあまり見ないで」

同性とはいえ家族ではない者に肌を晒し、凝視されると羞恥が募ってきてしまう。

「そんなことは、全然。本当にお美しいです」

「それは私も思うわよ、お義母さん。とても四十すぎなんて思えないもの」

「そうだよ、お義母さん。お義母さんは全然オバサンなんかじゃないよ。とっても素敵なんだから。だから僕、毎日お義母さんの身体に触れて、すっごく嬉しいんだ」

「あんッ、修ちゃんまでそんなこと……。でも、そうね、お姉ちゃんを卒業できるようにお義母さんがって、約束ですものね」

友美や真帆ばかりか修也にまでウットリとした声をかけられると、羞恥ばかりではないオンナとしての悦びも全身に駆け巡った。ぶるっと腰を震わせた熟女は、優しさと悩ましさの同居した微笑みを浮かべ、息子の待つベッドへと移動した。

「じゃあ、今日は最後まで私が友美の相手を……」

「あぁ、真帆先輩……あんッ……」

隣のベッドでは真帆が友美とキスをしながら、右手で後輩女性の左乳房を揉みこみはじめていた。それを横目に確認してから、裕美子は改めて修也と向き合っていく。

「あぁん、修ちゃん、すごいのね。真帆さんや保田さんにしてもらったのにまだ……」

「だって、今度はお義母さんがしてくれるんだもん。気持ちいいこといろいろと思い出して、こうなっちゃうよ」

ウットリと見つめてくる修也の視線が、熟したたわわな膨らみに注がれたのがわかる。それだけで、裕美子の背筋はゾクゾクッとしてしまった。

(あぁ、私たち、完全に底なし沼に嵌まってしまっているわね。でも……)

「まあ、修ちゃんったら、じゃあ、今日はオッパイからにしましょうか」

「うん」

嬉しそうに頷く息子がベッドの縁に腰をおろすと、熟母はその前に膝立ちとなり、すでに濃い性臭を撒き散らしているペニスに右手をのばした。

「うはッ、あぁ、お義母さん……」

「あぁん、修ちゃんの、とっても熱くて硬いわ。すぐに楽にしてあげますからね」

精液や唾液でべっとりと濡れる強張りを深い胸の谷間にいざない、腋を締めるようにして乳肉で屹立を包みこんでいった。乳房にペニスの硬さと熱さがダイレクトに伝わり、それによる刺激を求めた熟襞が蠢きを強め、パンティという歯止めを失った淫蜜が内腿に流れ出してくる。

「あぁ、すっごいよ、お義母さん。大きくって柔らかいオッパイに包まれていると、僕、すぐに……」

「いいのよ、我慢しないで出してしまいなさい。出ちゃってもすぐに、お義母さんが大きくしてあげますからね」

乳肌を焼く強張りの逞しさに性感を煽られながら、裕美子は両手を双乳の外側に這わせ、ギュッと中央に寄せると、柔乳を互い違いに揺さぶった。すでにペニスにまぶされていた粘液と新たに滲み出した先走りが、ヂュッ、グチュッと湿った摩擦音を起こす。同時に濃い性臭も立ちのぼり、熟女の鼻腔を妖しくくすぐってきた。

(はぁン、修ちゃんのエッチな匂いを嗅いでいるだけで、私……)

秘唇の疼きが強まり、快感を欲した膣襞の蠕動が激しくなっていく。腰が悩ましく左右にくねり、むっちりした太腿同士を軽くこすり合わせかすかな刺激を送りこむ。

「おぉぉ、お義母さん、いいよ、それ、すっごく、好きだ」

「もっとよ、もっとお義母さんのオッパイで気持ちよくなってちょうだい」

昂る肉体を抱えたまま、裕美子は口腔内に唾液を溜めこみ、それを胸の谷間に垂らした。グチュッ、ズチュッとさらに粘音が高まり、よりスムーズに強張りをこすりあげていけるようになる。

「くはッ、あぁ、お義母さんの唾液が先っぽに垂れてきて、くぅぅ、その温もりだけで僕、さらに……」

「へぇ、お義母さんってもう少しおしとやかなのかと思っていたけど、そんないやらしいパイズリするのね」

「ハッ！　ま、真帆さん、ヤダ、こっち見ないで。あなたは保田さんだけを……」

右手を友美の股間に這わせて淫唇を刺激しつつ左手で右乳房を捏ねあげ、さらに左の乳首に口をつけていた真帆が、悩ましく細めた瞳でこちらを見つめていた。その瞬間、ゾクッと背筋に悪寒が走り、思わず胸の谷間からペニスを解放してしまった。

「えっ、そんな……。お義母さん、どうして……僕、本当にもうすぐ……」

「あぁ、ごめんなさい、修ちゃん。いま、挟んであげるから、待っていて」

「ごめん、修也。もう邪魔しないわ」

悲しそうな顔をした息子に、裕美子の胸がキュンッと締めつけられた。しかし、それは真帆も同じだったらしく、艶めきながらも優しい眼差しで修也を見つめていた。

(やっぱり真帆さん、修ちゃんにはそうとう甘いのね)

真帆の弟に対する強い母性を感じながら、裕美子は再びいきり立つ強張りに手をのばそうとした。

「待って、お義母さん。僕、お義母さんのあそこ、舐めたい、だから……」

「じゃあ、舐め合いっこにしましょうか」

修也の言葉に、熟女の秘唇がわなないた。押し出された蜜液が淫裂に光沢を与え、内腿をさらに湿らせていく。その事実に頬を火照らせながら平静を装った提案をすると、息子が大きく頷き返しベッドに横たわった。それを見た裕美子もいったん立ちあがってベッドにあがると、修也の顔を跨ぐようにシックスナインの体勢となる。

「すっ、すごい。お義母さんのあそこ、もう濡れてるんだね」

「あんッ、そんなこと指摘しないで。でも、そうよ。お義母さん、修ちゃんのオチ×チンが素敵だから、それだけであそこが悦んじゃったのよ」

(もうこうなったら、恥ずかしさなんて掻き捨てだわ。私自身が気持ちよくなることに集中しないと、またほかに、真帆さんに意識が持って行かれちゃうかも。そうならないためには、私と修ちゃんだけの世界を……）

すぐ隣のベッドからは娘と後輩女性の甘い睦言《むつごと》が聞こえてきていたが、それをシャットアウトするためにも裕美子は積極的に淫らになろうと、覚悟を決めたのだ。

「そんなこと言われたら僕も嬉しいよ。はぁ、お義母さんのエッチな匂い、たまらないよ。それに太腿もスベスベムチムチでとっても気持ちいい。でもいまは……」

修也の顔に向かって双臀をおろしていくと、息子の両手がムチムチの太腿にのばされ、慈しむように撫でつけてきた。ウットリとした呟きが濡れたスリットに吹きかけられ、それだけで背筋がゾクゾクッとしてくる。

「あんッ、修ちゃんの息がかかって、くすぐったッ、はンッ！　あっ、あぁ……」

むず痒さにヒップを左右に揺らしつつさらに腰を落とした直後、息子の唇がチュバッと淫裂に触れ、突き出された舌でぽってりとした女肉が舐めあげられた。チュバッ、チュパッ……と音を立て淫唇が嬲られていく。

「はンッ、しゅ、修、ちゃん……。あぁん、いいのよ、お義母さんのでよければ、好きなだけ、うンッ、すぐにお義母さんも修ちゃんを……」

腰が自然と前後に動き、息子の口にいっそう秘裂をこすりつけながら、裕美子は上体を前方に倒した。下腹部に張りつきそうになっているペニスが迫ってくる。熟した双乳が修也の腹部でひしゃげると、それだけでもゾクリと腰が震えてしまった。

右手を強張りにのばし咥えやすいように起こしあげると、修也の腰もピクッと震え、張りつめた亀頭先端からトロッと新たな粘液が漏れ出したのがわかる。

（あぁん、すごい匂いだわ。最近ではすっかり嗅ぎ慣れてしまった修ちゃんの……）

濃厚な性臭に快楽中枢を酔わされながらも、裕美子は逞しい強張りをパクンッと口に含んだ。ツンッと鼻に抜ける芳香が強まったのがわかる。

唇をキュッと窄め肉竿を甘く締めつけながらゆっくりと首を前後に振りはじめた。ヂュプッ、ヂュポッという摩擦音を奏で朱唇でペニスをこすりあげつつ、パンパンに漲った亀頭に舌を絡めると、一度目の残滓を舐め取っていく。すると新たな先走りがジュッと湧き出し、その独特のえぐみがオンナの性感をいやでも刺激してきた。

（あぁん、昨夜もしたのに、また欲しくなっちゃってるなんて……。私の身体、すっかり修ちゃんに溺れちゃってる。こんなこと、許されないのに、でも、ダメ……）

姉弟相姦を止めさせる口実など、とっくに有名無実化していることを、裕美子ははっきりと自覚していた。夫が与えてくれなくなった快感を、性欲旺盛な息子が満たしてくれている現実に複雑な思いがないではないが、女盛りを迎えた四十二歳の肉体は積極的に快楽を享受してしまっているのだ。

だが、義理とはいえ母子相姦が禁忌である以上、簡単にそれを認めるわけにはいかなかった。その葛藤を誤魔化すように口唇愛撫に激しさが増していく。

「くッ、はぁ、お、お義母さん……。き、気持ち、いいよ。僕も、負けないからね」

いったん秘唇から唇を離した修也がかすれた声で愉悦を漏らすと、すぐさま舌を濡れたスリットに密着させ、漏れ出す淫蜜を舌で舐め取ってくる。

「うむっ、うぅン……むぅ……チュパッ、チュパッ……」

生温かな粘膜の感触に、裕美子の鼻から甘いうめきがこぼれ、腰が狂おしげに左右に振られていく。すると、舌先を尖らせた息子がいきなり、秘唇の合わせ目で存在を誇示しはじめていたクリトリスに攻撃を仕掛けてきた。

「ンむっ！　はぁン、そ、そこはダメ、そこ刺激されたらお義母さん、あぁん……」

脳天に突き抜ける鋭い愉悦に、思わず裕美子はペニスを解放してしまった。小刻みな痙攣が腰を襲い、柔襞がもの欲しげな蠢きで淫蜜を一気に溢れかえらせてしまう。

「お、お義母さん、ごめん、僕、もう我慢できないよ。お願い、お口じゃなくて、お義母さんのあそこで、ココで、出したいよ」

上ずった声で囁きかけてきた修也が、溢れた蜜液をペロンッと舐めあげてきた。

「お義母さんもよ。お義母さんも、修ちゃんが欲しいわ」

裕美子が息子の顔から腰を浮かせると、修也が身体を起こしあげてきた。すかさず熟女がベッドに横たわり、膝を立てるように両脚をM字型に開いていく。

「あぁ、お義母さん……」

陶然とした呟きを漏らし、修也が熟女の脚の間に身体を入れてきた。

「来て、修ちゃん」

右手にペニスを握り腰を進めてくる息子を迎え入れるように、裕美子はしとどに濡れた秘唇に両手を這わせ、ぷにっとした女肉を左右に広げて見せた。

「す、すごい。お義母さんのあそこの奥まで、ゴクッ、ウネウネとしたヒダヒダまでバッチリ見えちゃってる」

生唾を飲んだ修也の左手が右の内腿に這わされ、さらにグイッと広げられた。息子の目が開かれた淫唇に注がれているのがわかる。右手に握られた強張りの先端が、肉洞に向けられるのを見た腰が震え、期待の蜜液が指先を濡らしてしまう。直後、先走りで光沢を放つ亀頭先端が、チュッとスリットに触れてきた。

「あんッ、修ちゃん……」

「い、イクよ、お義母さん」

かすれた声で宣言した息子の腰が、グイッと突き出された。ンヂュッとくぐもった音を立て、いきり立つ肉竿が一気に膣奥まで圧し行ってくる。

「はンッ、あぅ、あっ、あぁぁ、しゅッ、修、ちゃン……」

張り出した亀頭で膣襞がこそげあげられていく感触に、裕美子の全身に快感が駆け巡った。期待の強張りによる刺激に、柔襞が悦びに震えいっせいに絡みついていく。

「おぉぉ、き、気持ち、いい……。お義母さんのヒダヒダで膣奥へ膣奥へと引きこまれていくぅぅ」

喜悦の声をあげた修也がすぐさま腰を前後に動かしてきた。グチュッ、ズチュッと粘つく相姦音を奏でながら、ペニスが肉洞内を往復していく。

「あぁん、いいわ、修ちゃん、うンッ、とっても素敵よ」

逞しい強張りが膣内を往復するたびに、熟女の身体を痺れるような愉悦が駆け巡った。息子の突きこみを迎え入れるように、腰が妖しく揺れ動いていく。

「ほら、友美、見てごらんなさい。修也ったら、姉の私だけではなく、母親ともしっかり最後までしちゃってるわよ」

裕美子が快感に顔を歪めていると、隣のベッドで淫戯に耽っているはずの娘の声が耳朶をくすぐってきた。艶めいた眼差しでチラッとそちらに視線を向ける。すると、友美を上に乗せる形のシックスナインで重なり合っていた真帆の上気した顔とまともに視線が交差してしまった。

「えっ？　はぁン、ダメなんだよ、修也、くンッ。お姉さんやお母さんとそんなことし、ヒャッ！　あぅ、あぁ……せ、せん、ぱぃ、はぁン、ダメ！　舌、入れないで」

直後、今度は蕩けて、呂律《ろれつ》も怪しくなっている友美の声が届いてきた。娘ばかりか初対面の客人にまで母子相姦を見られている事実に、全身がカッと熱くなる。淫壺がキュンッと震えながら、その締めつけを強めてしまう。

「くほッ、あぅ、あぁ……すごい。お姉ちゃんと友美さんの声で、お義母さんの膣中、締めつけが強く……はぁ、ダメ、出ちゃう！　お義母さんの優しくエッチなオマ×コでしごかれて、僕、もう……」

「そんないやらしい言葉、使わないで。でも、いいのよ、出して。いつものように、お義母さんの膣奥に、修ちゃんをいっぱいちょうだい！」

（息子に中出しをおねだりするなんて、なんて淫らな……。でも、私の身体で修ちゃんが満足してくれるのなら、何度でも……）

燃え立つ性感が羞恥心を押しやり、快感だけにフォーカスされていく。

「おぉぉ、お義母さん、おかあ、さん……」

修也の腰の動きが一気に速まった。ずぢょっ、グヂュッと卑猥な摩擦音とともに、高速でペニスが肉洞を抉りこみ、張り出した亀頭で膣襞が嬲られていく。

快感で頭が白くなり、全身が悦楽の海に沈みこんでいく感覚を味わっていると、息子の右手が左乳房にのばされてきた。ペニスを突きこまれるたびに、ぶるんっと大きくたわむような動きを見せていた熟乳が、やんわりと捏ねあげられていく。

「あぁん、修ちゃん、いいわ。ほんとに素敵よ。はぁン、お義母さんももうすぐ……うンッ、ねえ、いっしょに、お義母さんもいっしょにイカせて」

両脚を跳ねあげしっかりと修也の腰をホールドした裕美子の腰が、円を描くようなくねりをみせた。

「あぁ、好きだよ、お義母さん。僕、本当に……はぁ……」

乳房を揉みまわしていた右手の指先が、球状に硬化していた乳首を摘まみあげてきた。キンッと鋭い愉悦が脳天を突き抜け、ゾクリッと腰が震えてしまう。

「来て！　修ちゃんの熱いの、お義母さんにいっぱい、注ぎこんで！」

「おぉ、出るッ！　ほんとに、もう……くッ、あっ、あぁぁぁぁぁッ！」

ズンッとひときわ力強くペニスが根元まで穿ちこまれた直後、膨張していた亀頭が弾け、猛烈な勢いで白濁液が子宮口を叩いてきた。

「はンッ！　キテル！　修ちゃんの熱いのがお腹の中で暴れまわってるぅ。す、すっごい、こんないっぱい出されたら、あぁん、イッちゃう、お義母さんも修ちゃんのミルクで、あっ、あぁ、イッ、イッくぅ～～ンッ！」

子宮を襲う大量の欲望のエキスに、裕美子の全身にも激しい痙攣が襲いかかった。

「くっ、おぉぉ、出るよ。僕、まだ……あぁ、お義母さんのヒダヒダでさらに搾り出されちゃうよぅ……」

「キテ！　出して！　修ちゃんを全部、お義母さんに、溜まっているもの残らず、お義母さんに全部ちょうだい」

脈動をつづけながらグッタリと身体を重ね合わせてきた息子を優しく抱き留めた裕美子が甘いおねだりの言葉を漏らした直後、甲高い絶頂の咆哮が鼓膜を震わせた。

「イグッ！　ヒャッ、わ、私、あぁ、イッぢゃぅ、先輩！　真帆、センパ～ィ……」

愉悦に霞む瞳でチラッと隣のベッドを見ると、シックナインの体勢で真帆に重なっていた友美の身体が、ひきつけを起こしたような激しい痙攣に見舞われていた。

「あぁ、お義母さん、気持ち、よかったよ。ありがとう」

「お義母さんもよ。今夜もまた修ちゃんにイカされちゃったわ」

修也の喜悦にかすれた声に満足感を得ながら、裕美子は息子をギュッと抱き締めた。

その瞬間、肉洞内のペニスがピクッと小さく跳ねたのを、絶頂直後でより敏感になっている膣襞ではっきりと感じ取った。

5

「ねえ、修也。今度はお姉ちゃんの相手、してくれる」

ペニスを引き抜いた修也が義母の隣に横たわって息を整えているところを、真帆が上気した顔で覗きこんだ。その唇は友美の淫蜜に濡れ、悩ましい光沢を放っている。

「もちろんだよ、お姉ちゃん。でも、友美さんは?」

「うふっ、しっかりとイカせてあげたから、いまはほら」

真帆が隣のベッドに視線を向けた。そこにはいまだ腰を小刻みに痙攣させている友美が、半ば放心状態であおむけに横たわっている。

「真帆さん、姉弟でなんて許されないのよ」

「母子でしちゃって、なおかつイカされてるお義母さんに、そんなこと言われる筋合いはないと思うけど。それに修也は私としたくてまだココを大きくしてるんだから、満たしてあげなきゃ可哀想じゃない」

義理の息子に絶頂へと導かれた裕美子の言葉に真帆は艶然と微笑むと、修也の腰を跨いだ。

「あぁ、お姉ちゃんのあそこが丸見えに……。エッチに濡れているけど、でも、すっごく綺麗だ」

「うふっ、修也のモノよ。すぐに気持ちよくしてあげるわね」

「そんなこと言って、真帆さん、自分が気持ちよくなりたいんじゃ……」

ウットリと呟く弟に微笑みかけていると、またしても裕美子が口を挟んできた。

「それも否定はしないわ。だって、私だけずっとお預けだったんだもん、膣奥がすっごくムズムズしてるの。お義母さんなら、この感覚、わかるでしょう。一切の快感を得られず、ただ修也のを手で満たしてあげていたときの感覚と近いと思うけど」

（あぁん、私、完全にエッチな空気にあてられちゃってる。じゃなかったら、お義母さんに対してここまで大胆なこと、言えるわけないもの）

「そ、それは……」

挑発的とも言える真帆の言《げん》に、義母が言葉に詰まった。

（やっぱり手や口だけでしてあげていたとき、お義母さんもたまらない気持ちになっていたのね。だとしたら、私が修也とエッチしていなくても、いずれは……）

弟の童貞を義母に奪われる前に禁断の関係になっていてよかった、そんな気持ちになりながら、凄艶な笑みを裕美子に送り本格的に腰を落としこんでいく。

「あぁ、お姉ちゃん……」

「すぐだから、もうちょっと待っていてね」

優しくも匂い立つ色気を内包した微笑みを浮かべた真帆は、右手でペニスをやんわりと握りこんだ。二度の射精を経てなお、熱く硬い血潮が漲るペニスの、粘液にまみれたヌチョッとした感触に、ゾクゾクッと腰が震えてしまう。

「くッ、はぁ、おねえ、ちゃん……」

「はぁン、硬いわ、修也。とても二度も射精したあとだなんて、思えないほどよ」

精液と愛液でヌチョつく強張りをまっすぐに起こしあげた真帆が、密やかに口を開く淫裂に導いていく。ヂュッという音を立て、亀頭がスリットと密着した瞬間、姉弟の身体が同時に震えた。

(あぁん、また私、修也としちゃうんだわ。いけないことだとはわかっているけど、でも、修也とのエッチの気持ちよさを知っちゃったら、我慢できない)

姉弟相姦のタブーとそれによってもたらされる快感。禁断と知りながら後者を選択した真帆が腰を前後に動かし膣口を探っていくと、ヂュッと亀頭先端が入りこんだ。

すぐさま双臀を落としこむ。ニュヂュッとくぐもった音を立て、狭い膣道に強張りが入りこんでくる。

「うはッ、あぅ、あぁ……お、お姉ちゃんの膣中に、また……くぅぅ、す、すっごい、いきなりヒダヒダが絡みついて、うぅ、締めあげてきてるぅ……」

「あぁん、いい。やっぱり、修也のコレ、私にピッタリ合っている感じがして、挿れられただけで、はンッ、おかしくなっちゃいそうよ」

挿入されただけで鋭い快感が脳天に突き抜け、軽い絶頂感に襲われてしまった。

「僕もだよ。お姉ちゃんの膣中、挿れてもらっただけで、すぐにでも出ちゃいそうなくらい、気持ちいいよ」

「本当に姉弟で……。やっぱりお義母さんだけじゃ満足してくれないのね」

「ごめん、お義母さん。でも、僕やっぱりお姉ちゃんのことが……」

「いいのよ、修也。お姉ちゃんも同じ気持ちだから、お義母さんのことは気にせずにいっしょに気持ちよくなりましょう」

「あぁ、お姉ちゃん」

義母の横やりを封じるように腰を軽く揺すってやると、弟の顔がとたんに蕩け、両手を美姉の美巨乳へのばしてきた。裕美子には負けるが、それでもずっしりとした量感と抜群の揉み心地を誇る円錐形の膨らみが、モニュッ、ムニュッと捏ねられていく。

「あぁん、素敵よ。お姉ちゃん、修也にオッパイ触られただけで、身体が痺れちゃいそうになるわ。さあ、あなたも気持ちよくなるのよ」

そう言うと真帆はゆっくりと腰を上下に振りはじめた。グチョッ、ズチョッとすぐさま粘つく相姦音が起こり、複雑に入り組んだ膣襞が逞しい強張りでこすりあげられていく。そのたびに背筋を快感が駆けあがり、本格的な絶頂が近づいてくる。

「おぉぉ、お姉ちゃん、おねえ、ちゃん……」

愉悦に顔を歪める修也が突然、腰を突きあげてきた。

「はンッ、修也、いいわ、ほんとに、うんッ、素敵。ずっと中途半端なままだったから、お姉ちゃん、すっごく感じちゃうの」

もだえ皺を眉間に刻んだ真帆が、修也の縦への突きあげに対抗するように、腰をいっそう艶めかしくくねらせた。肉槍に絡む膣襞への刺激が微妙に変化し、絶頂感が迫りあがってくる。

「そんな……。私だって一生懸命したのに、修也くんに負けるなんて、悔しいです」

絶頂から立ち直ったらしい友美が、身体を起こし恨めしげな視線を向けてきた。

「ごめんね、友美、でも私、はンッ、やっぱり修也じゃなきゃ、ダメみたい」

「あぁ、そんな嬉しいこと言われたら、僕……」

「あんッ、すっごいわ。修也がまた、お姉ちゃんの膣中で大きくなった」

美姉の言葉に反応してか、膣内の強張りが喜びをあらすように跳ねあがった。ググッとさらに膣内を圧迫してくる圧倒的な存在感に、真帆の腰骨が妖しく震える。

「あぁ、ダメよ、修ちゃん、膣中は。お姉ちゃんの膣中に出しては絶対にダメよ。せめてそこだけは……」

「自分はしっかり、修也に中出しさせたくせに、そんなこと言うなんて、お義母さんってけっこうズルいわね。いいのよ、修也。遠慮しないで、お姉ちゃんの膣奥にたっぷり出していいからね」

自分のことを完全に棚上げしたような義母の言葉に、少しカチンッときた真帆は腰振りをさらに激しくしていった。

「くぅっ、はぁ、お、おねえ、ちゃンッ」

「真帆さん、あなた……」

「大丈夫な日なら問題ないでしょう。それともお義母さんは、危険日にも中出しさせてるのかしら？」

「そ、そんなことは……」

「だったら、いいじゃない。修也だって、膣中に出すほうが気持ちいいもんね。あぁん、修也の硬いので膣中、こすられると、私も、はぅン、キちゃいそうよ」

義母と言い合いつつ狭い膣道を満たす弟のペニスをしごきあげていると、張りつめた亀頭が膣襞を抉りこむ感覚が強まり、絶頂感が高まっていく。

「イッて！　僕、できるだけ我慢するから、お姉ちゃんが先に気持ちよくなって」

修也の顔がさらに歪んだ。奥歯を嚙み締め、必死に射精感と戦いつつ腰の突きあげを激しくしてくる。さらには乳房に這わせた両手の指で可憐な乳首をクニクニッと弄んできた。ピキンッと鋭い悦楽が脳内で弾け、眼前が一瞬、白く塗り替えられる。

「あんッ、素敵よ、修也。イッちゃう、お姉ちゃん、本当に、もうすぐ……」

淫靡に潤んだ瞳で見下ろすと、そのまま腰を艶めかしくくねらせながら弟に身体を重ね合わせていった。弟の陰毛にクリトリスがくすぐられ、新たな快感がプラスされていく。

「えっ、お、お姉ちゃん？」

少し慌てた様子で修也の両手が乳房から背中にまわされてきた。円錐形の美巨乳が悩ましく揺れながら、弟の胸部に密着し押し潰されていく。弾力ある膨らみとともにひしゃげる乳首からの愉悦に、自然と甘い吐息が漏れ出てしまう。

「す、すごい。先輩の綺麗なあそこが、修也くんので完全に圧し広げられちゃってる。こんな、いやらしかったなんて……」

「えっ？　ちょっと友美、いつの間に後ろに……。ダメよ、そんな覗きこまないで」

「ぐはッ！　お、お姉ちゃんの膣中、一段と締まった」

隣のベッドから移動した友美が、真後ろから姉弟相姦の交接部を見つめていることに気づいた真帆は、ペニスで圧し広げられた秘唇を見られることに羞恥を覚えた。それが膣圧を高め、強張りをさらに締めあげる結果となったのだ。

「あぁん、修也、ごめんね。でも、我慢しなくていいのよ、出して。お姉ちゃん、修也の熱いミルクをお腹に感じるの、大好きなんだから」

切なそうな顔を見せる修也が愛おしく、その唇にチュッとキスをした。すると、膣内のペニスが跳ねあがり、膣襞を圧しやる亀頭がまたしても膨張したのがわかる。

「お姉ちゃん、僕、本当に出ちゃうからね」

「うん、ちょうだい。お義母さんに注いだやつより、もっと濃いの、お姉ちゃんにプレゼントして」

触れ合う距離で見つめ合い、完全に二人だけの世界に入るように、再び唇を重ね合わせた。突き出した舌を弟の口腔内に侵入させて粘膜同士を絡め、唾液交換をしつつ腰だけは卑猥なダンスを踊りつづける。

「チュパッ、はぁ、お姉ちゃん、チュッ、お姉ちゃん……チュパッ……」

必死に舌を絡めつつ恍惚の呟きを漏らす修也が、メチャクチャに腰を突きあげてきた。逞しいペニスでさらに柔襞をこすりあげられると、眼窩にチカチカとした悦楽の瞬きが起こった。

（来る！　もうすぐ大きいのが……迫りあがってきてる……）

子宮がさがり、弟が腰を突きあげるたびに亀頭が子宮口をノックしはじめていた。

「ンぱぁ、来る！　お姉ちゃん、もう……あっ、あぁ、キちゃう、あッ、ンぐっ、イクッ、ほんとに、イッ、イッちゃううううう……ッ」

一気に駆けあがった絶頂感は止まるところを知らずに突き抜けていた。頭が真っ白になり、激しい痙攣が全身に襲いかかる。ガクン、ガクンッと弟の上で腰を跳ねさせながらも、柔襞が貪欲にペニスに絡みついていく。

「ぐほぅ、出るよ、僕も、もう……あぁ、お姉ちゃんの膣奥に出ちゃううぅッ！」

直後、さがっていた子宮に熱い迸りが浴びせかけられた。

「あぁん、わかるわ。修也の熱いのがお姉ちゃんの子宮に入ってきてる。はぁン、好きよ、修也。私の身体を好きにできるのは、弟の修也だけなんだから」

「あぁ、お姉ちゃん、僕こそ、愛してる。誰になんと言われようと、僕はお姉ちゃんが……絶対、誰にも渡さないからね」

義母の裕美子や後輩である友美の存在は、完全に頭から消えていた。姉弟二人だけの甘い世界に入りこみ、再び唇を重ね合わせていく。

(これでいいのよ。誰にも認められなくても、私は修也のこと愛しているんだから)

脈動をつづけるペニスから新たな欲望のエキスが噴きあがり、子宮を満たしてくる。その感触に真帆の腰は震え、愛する者に満たされる喜びを嚙み締めた。

6

「キャッ！　やっ、保田、さん？」

「先輩のお母さんのココ、とってもいやらしい感じなんですね。膣中から白いのがこぼれ落ちてる。これって修也くんの精液ですよね。息子さんのをこんなにいっぱい……。あぁ、すっごい、頭がクラクラしちゃうほどのエッチな匂い」

「ちょ、ちょっと、いきなりそんなところ、見ないで」

姉と身体を重ね合わせたまま荒い呼吸を整えていると、突然、裕美子の困惑声が鼓膜を震わせてきた。ハッと現実に引き戻され隣を見ると、上体を起こしあげた義母の股間を友美が覗きこんでいた。裕美子は脚を閉じようとしているのだが、友美の両手が膝にあてがわれ左右に圧し開いているため、閉じられなくなっていたのだ。

「えっ！　友美さん、いったいなにを……」

「うふっ、私と修也のエッチを見ていてたまらなくなったのよ」

「まさか、そんなことは……」

（友美さんはお姉ちゃんのことが好きなだけで、女性全般が好きなわけじゃないと思っていたけど、まさか、完全にそっち系の人だったのか？　それともお姉ちゃんの言うように、エッチな空気にあてられてそれで……）

突然の友美の行動に、修也も困惑を覚えていた。

「ちょ、ちょっと、真帆さん、見ていないで、なんとかしてちょうだい。二人がエッチしているときに私の隣に来たんだけど、修ちゃんと真帆さんがともにグッタリした直後、いきなり押し倒されてそれで、あんッ！　ちょ、ちょっと、ほんとに、イヤ」

戸惑いの表情で説明してくれていた裕美子の声が、突如、裏返った。義母の腰が見てわかるほど大きく跳ねあがり、顎がクンッと上を向いた。

「えっ？　まさか友美さん、お義母さんのあそこを……」

「修也の出した精液、吸い出されちゃってるんじゃない」

真帆の言葉に修也の背筋がゾクッと震え、美姉の膣内でおとなしくなりかけていたペニスがまたしても力を取り戻してしまった。狭い肉洞をググッと圧し広げるように膨張した強張りに、すぐさま入り組んだ膣襞が絡みついてくる。

「あんッ、すごいわ、修也。まだ、できるなんて」

「あんッ、ダメ、そんな、保田、さンッ、ヤメテ……はぅン……」

真帆の艶声と裕美子の甲高い喘ぎが重なり合った。

「友美、あなた、自分がなにをしているのかわかってるの？」

「ンぱぁ、はぁ、自分でもよくわかってないかもしれないです。ただ、先輩と修也くんのエッチを見せつけられて、また身体がムズムズと……。それに、先輩のお母さんから漂ってきたエッチな匂いに酔わされちゃった感じで、それで……。あぁ、ごめんなさい、でも、なんかこの味、クセになっちゃいそうで……チュパッ……」

美姉の問いかけにいったん裕美子の淫裂から顔を浮かせた友美が、完全に蕩けた顔で返してきた。そのいままで見たことがない色香をまとった表情に、修也の腰がぶるっと震えてしまった。

「はンッ、嘘、また……。ヤメてくれるんじゃ、ないの。あぅン……」

再び娘の後輩女性に秘唇を舐められた義母の顔に、驚きと戸惑いが浮かんだ。両手を友美のボブヘアに這わせてはいるものの、客人であるだけに、強引に引き離すことには多少の躊躇いがあるように見受けられる。

「ねえ、修也。友美のあそこに、修也のコレ、挿れちゃいなさい。そうすれば、お義母さんにかまっている余裕、なくなると思うわ」

「えっ、でも……」

裕美子や友美に聞こえないよう耳元に唇を寄せ囁いてきた姉が、小さく腰を揺すってきた。勃起状態に戻っていたペニスが細かな膣襞に弄ばれ、愉悦に胴震いを起こしてしまう。

「あんッ、またピクピクして、お姉ちゃんの膣中、気持ちいいのね」

「もちろんだよ。だから、このまま、また……」

「何度でもしてあげるけど、その前に友美よ。たぶん、エッチの経験が少ないから、間近で立てつづけに見せつけられた近親相姦の空気に完全にあてられちゃってるんだと思う。じゃなかったら、修也の出した精液、それもお義母さんのあそこから逆流したものを吸うなんて真似、しないと思うのよ」

「確かに、いまの友美さんは普通じゃないと思うけど」

「なら、試してみましょう」

悪戯っぽく微笑んだ真帆がチュッとキスをくれてから腰を浮かし、肉洞からペニスを抜いてしまった。姉に頷かれた修也は上体を起こし、女豹のポーズのように後方にヒップを突き出す体勢で義母の秘唇舐めに熱中している友美の真後ろに陣取った。

（す、すごい、友美さんのあそこ、グショグショになってる。これならこの前よりスムーズに挿れられるかも）

目の前に開陳されたベージュピンクの秘唇に、修也は生唾を飲んだ。真帆との淫戯の名残か、淫裂の表面はテカテカに光沢を放ち、絶頂の余韻を示すように固く閉じたスリットにわずかな綻びが見えている。

チラッと姉に視線を向けると、コクンッと頷き返された。ふっと小さく息をつき、修也は右手で淫臭まみれのペニスを握り、左手を友美の括れた腰にあてがった。

「えっ？」

ビクッと身体を震わせた友美が裕美子の淫唇から口を離し、振り返ってきた。修也の姿に両目が見開かれている。

「友美さん、また、挿れさせてもらいますね」

張りつめた亀頭を濡れたスリットにあてがい、膣口を探るように何度か上下に動かしていく。ぬめる粘膜同士の摩擦に切なそうに腰が揺れてしまう。

「えっ、ダメ、いや、修也くん、ヤメテ、おねがッイィ、はぁン、ダメ、また、入ってきちゃってるぅぅ」

友美が拒絶をあらわすようにヒップを揺らしたことで、逆に硬直が淫壺の入口を捉えてしまっていた。グイッと腰を突き出すと、キツい膣道の抵抗を受けながらもペニスはあっさりと根元まで迎え入れられた。

「おぉ、友美さんの膣中、やっぱりすっごくキツいよ。でも、ヒダヒダは前のときよりも、積極的に絡んできてるみたいだ」

「う、嘘よ、そんなの。こんな無理やりなんて、全然、気持ちよくなんか、はンッ、ダメ、動か、ないで」

潤んだ瞳でこちらを睨んでくる友美に、修也は腰振りで応えた。ズチョッ、グチョッとすぐさま粘つく摩擦音が起こり、キツい肉洞内を強張りが往復していく。するとまだ硬さの残る柔襞がペニスを歓迎するようにまとわりついてきた。

「友美、正直になりなさい。本当は修也の、気持ちいいんでしょう」

「そんなことは、はン、わ、私は先輩が……。男、なんて、あンッ、あっ、あぅん」

「ねえ、お義母さん、ちょっと場所代わって。修也、出ちゃいそうになってもちょっとだけ我慢してくれる」

「うん、それは大丈夫。友美さんのココ、すっごく締めつけが強烈でたまらないけど、もう少しくらいなら耐えられるよ」

真帆の言葉に修也は愉悦に顔を蕩けさせながら頷いた。さすがに三度の射精を経ているだけに、もうしばらくは耐えられそうだ。その間に起きあがった義母が悩ましく上気した顔に安堵を覗かせながら、修也の横にやってくる。

すると姉がそれまで裕美子がいた場所に横たわり両脚を開いた。透明感溢れるスリットが赤みを帯び、腫れぼったくなっているのがわかる。さらに、口を開いた淫唇からは修也が放った欲望のエキスが逆流し、卑猥さを見せつけてくる。

「お姉ちゃんのあそこ、すっごくエッチだ」

ゾクッと背筋が震えると同時に、強張りにいっそうの血液が漲った。

「あぅッ、あぁ、嘘、まだ、大きくなるなんて……。イヤ、いやよ修也くん、私のあそこが、うンッ、裂けちゃうよぅ。あぁ、それに、あんなに綺麗だった先輩のあそこを、こんなにしちゃうなんて……」

「ねえ、友美、そんなに修也の精液が好きなら、ここからも舐め取ってくれる」

「えっ！　いいんですか？　でも別に私、修也くんの出したのが好きなわけでは」

姉の思いがけない言葉に、友美が少し困惑を滲ませながらも明るい声で答えた。

「あら、残念。私は修也の熱いミルク、大好きなのに。でも、いいわよ、舐めて。その代わり、修也のこともしっかり気持ちよくしてあげてね」

「気持ちよくって言われても、私、どうすれば……」

「特別なにかしなくても平気よ。友美のいやらしいオマ×コが勝手にしてくれるわ」

「そ、そんな、いやらしいだなんて……。な、膣中には、出さないで、ね」

「わかりました。出そうになったら、ちゃんと抜きます。ありがとう、友美さん」

友美の瞳は相変わらず潤んでいたが、睨みは消え、いまはどこか儚さすら漂わせている。小柄な可愛い系年上美女の保護欲をそそる姿態にかすれた声で返すと、修也は腰の律動を本格化させていった。グチュッ、ズチュッと寝室に性交音が響いていく。腰が双臀にぶつかるたびにパン、パンッという衝突音が起こり、張りのある尻肉がぷるん、ぷるんっと波立った。

「あんッ、修也、くンッ……。はぁ、せ、先輩、いいんですよね……チュパッ……」

「はンッ、とも、美……」

バックから修也に貫かれる友美が真帆の秘唇に顔を寄せ、修也の放った欲望のエキスを舐め取りはじめた。美姉の眉間に切なそうな皺が寄り、潤んだ瞳がまっすぐに修也を見つめてきた。

「あぁ、お姉ちゃん、とっても綺麗だよ」

修也は姉を見つめまま腰を振り、こなれていない友美の肉洞でペニスをしごきあげていった。

「真帆さんも、修ちゃんも、なんていやらしいの」

痴態に気圧された様子の裕美子の、呟くようなかすれ声が鼓膜を震わせてくる。

「ねえ、お義母さん。僕、お義母さんの身体に、大きくって柔らかいオッパイに触りたいんだけど、いい？」

「えっ？　な、なにを……。二人だけのときならいくらでも……でも、いまは……」

「いいでしょう、お義母さん。お義母さんもいっしょに、みんなで……」

顔を引き攣らせた義母に、修也は本能的に腰を振りつつ、哀願の眼差しを向けた。

「あぁん、そんな目で見ないでちょうだい。まったく、修ちゃんは立派な男の子なのに、甘えん坊さんなんだから。今日は、と、特別、よ」

「ありがとう、お義母さん」

いまだ戸惑いがある様子ながら許してくれた義母に礼を言い、修也はすぐさま右手を裕美子の左乳房に這わせた。ボリューム満点の熟乳をウットリと揉みこんでいく。

「あんッ、しゅ、修ちゃん……」

「気持ちいいよ、お義母さん。お義母さんのオッパイはやっぱりすごいや」

「いいわよ、好きにして。お義母さんのオッパイは息子である修ちゃんのモノよ。だから、いくらでも、あんッ、ダメ、乳首、弄られたら、また……」

裕美子の甘いうめきを心地よく聞きながら、修也はさらに腰を激しく振り立て、経験の浅い友美の淫壺を抉りこんでいった。ズチュッ、グチュッと卑猥な摩擦音がその間隔を短くし、若い膣襞でこすられる強張りに小刻みな痙攣が襲いはじめる。

「ンはぁ、あぁ、修也くん、ダメ、激し、すぎるよ。そんなにされたら、私……」

「ごめんなさい、でも、僕、もうすぐ出ちゃいそうだから、だからあと少しだけ」

「友美、そのままイッちゃいなさい。この前みたいに、修也のでそのまま……」

「そ、そんな先輩、私、うはッ、あぅ、えっ、なんで、先輩のお、お母さんまで」

友美の声が完全に裏返り、腰が激しく震えはじめた。修也に乳房を与えていた裕美子が、突然、右手を四つん這いになる友美の股間に這わせたのだ。先ほどのお返しとばかりに、秘唇の合わせ目にあるクリトリスを刺激したらしく、ペニスへの締めつけが一気に強まり、射精感を助長してくる。

「お、お義母さん?」

「協力してあげるから、終わったら、またお義母さんと……ねッ」

「うふっ、お義母さん、修也にオッパイ揉まれて、たまらなくなっちゃったのね。修也、そのあとはまたお姉ちゃんよ。友美に吸い出されちゃった修也のミルク、また注いで、いいわね」

「あぁ、お義母さん、お姉ちゃん、それに、友美さん……あぁ、出るッ！　僕、また、本当に……」

淫戯な空気が充満する寝室の空気に全員が感染していた。

修也は友美の淫壺からペニスを引き抜くと、とてつもなく長い夜への号砲を鳴らすべく、四度目の白濁液を宙へと放つのであった。

◎本作品の内容はフィクションであり、登場する個人名や団体名は実在のものとは一切関係ありません。

◉新人作品**大募集**◉

マドンナメイト編集部では、意欲あふれる新人作品を常時募集しております。採用された作品は、本人通知のうえ当文庫より出版されることになります。

【応募要項】未発表作品に限る。四〇〇字詰原稿用紙換算で三〇〇枚以上四〇〇枚以内。必ず梗概をお書き添えのうえ、名前・住所・電話番号を明記してお送り下さい。なお、採否にかかわらず原稿は返却いたしません。また、電話でのお問い合せはご遠慮下さい。

【送付先】〒一〇一－八四〇五　東京都千代田区神田三崎町二－一八－一一　マドンナ社編集部　新人作品募集係

【連鎖相姦《れんさそうかん》】義母《ぎぼ》＋《と》姉《あね》　淫欲《いんよく》のハーレム《はーれむ》

著者◉綾野馨【あやの・かおる】

発行◉マドンナ社
発売◉二見書房　東京都千代田区神田三崎町二－一八－一一
電話　〇三－三五一五－二三一一（代表）
郵便振替　〇〇一七〇－四－二六三九

印刷◉株式会社堀内印刷所　製本◉株式会社村上製本所　落丁・乱丁本はお取替えいたします。定価は、カバーに表示してあります。
ISBN978-4-576-20036-1 ◉Printed in Japan ◉

オトナの文庫

マドンナメイト

熟母と隣の未亡人 二人のママと……
綾野 馨／洗濯機から豊満な母親の下着をこっそり取り出し…

幼馴染みと純真少女 エッチなおねだり
綾野 馨／性に目覚めつつある少女は幼馴染みを呼び出し…

ハーレム下宿 美熟女と美少女と僕
綾野 馨／下宿先の美熟女と美少女母娘にときめくが…

兄嫁の秘蜜
綾野 馨／憧れの義姉と兄の浮気の目撃をきっかけに…

美しい義母と兄嫁と……
綾野 馨／イヤらしい体つきの美しい義母に魅了され…

奴隷帝国ニッポン 牝奴隷調教機関
柚木郁人／敗戦国日本では優秀な子女が愛玩奴隷に…

電子書籍も配信中!!
詳しくはマドンナメイトＨＰ
http://madonna.futami.co.jp

人妻巨乳バレーボーラー 寝取られM化計画
藤 隆生／妻が男たちからイカされまくる姿を妄想して…

巨乳母と艶尻母 ママたちのご奉仕合戦
あすなゆう／天涯孤独の圭斗にいきなり二人の母親が…

美人講師と有閑妻 オモチャになった僕
真島雄二／バイト先の美人講師がエロすぎて……

折檻義母とご褒美ママ
星 悠輝／義母からは性的なお仕置き、実母からは癒されて…

ふたご巨乳ナース 僕と義母と叔母と
観月淳一郎／ナースの義母がエッチな看護をしてくれ…

美女姉妹教師と僕 放課後はハーレム
観月淳一郎／美人で有名な女教師と同居することに…

Madonna Mate